곤륜기신
崑崙氣神

해은 新무협 판타지 소설
FANTASTIC ORIENTAL HEROES

곤륜기신 1

해은 新무협 판타지 소설

초판 1쇄 찍은 날 § 2010년 7월 8일
초판 1쇄 펴낸 날 § 2010년 7월 15일

지은이 § 해은
펴낸이 § 서경석

편집장 § 문혜영
편집책임 편집 § 박우진
편집 § 서지현 · 어정원

펴낸곳 § 도서출판 청어람
등록번호 § 제1081-1-89호
등록일자 § 1999. 5. 31
어람번호 § 제2-1948호

주소 § 경기도 부천시 원미구 심곡2동 163-2 서경B/D 3F (우) 420-822
전화 § 032-656-4452 팩스 § 032-656-4453
http://www.chungeoram.com
E-mail § chungeoram@chungeoram.com

© 해은, 2010

ISBN 978-89-251-2224-3 04810
ISBN 978-89-251-2223-6 (세트)

崑崙氣神
꼬룬기신

해은 新무협 판타지 소설
FANTASTIC ORIENTAL HEROES

1

도서출판 청어람

目次

第一章
진신 생사경

곤룡
기신

　그 어떤 무공 수위와 별호를 가져다 붙인다 할지라도 설명이 불가능한 존재가 있었다.

　청해성 곤륜파의 육대문주인 심명 선인(心冥仙人)이 그 주인공이다. 그는 별호보다는 역사상 최초로 현경에 입경했다는 사실로 더욱 유명한 노고수였다.

　정확하게 파악되지 않았지만 그의 나이는 일백팔십 세 가까이 이르렀다고 전해진다.

　더불어 원(元) 중엽부터 문주를 역임했으니 가히 곤륜파의 살아 있는 전설이라고 할 수 있는 존재였다.

곤륜파.

중원 도가무학(道家武學)의 발상지라고 불리는 만큼 문파의 역사는 상상 이상으로 깊었고, 제자가 되기 위하여 지금도 적지 않은 무림인들이 곤륜산에 오르는 것을 보면 과연 무림 오대강파 중 하나라고 할 수 있었다.

하지만 실속은 그렇지 못했다.

지금도 강호 이곳저곳에서 생겨나는 신흥 강파에 의해 무림 오대강파의 순서가 근 오십 년 동안에만 수차례 이상 변동이 있었던 것이다.

무당과 화산, 소림, 그리고 곤륜과 함께 새롭게 오대강파의 반열에 오른 잠룡문(潛龍門)의 존재를 상기한다면 쉽게 이해가 가능했다.

아미파의 지고한 역사가 잠룡문의 등극으로 인해 오대강파 밖으로 밀려났다는 것은 강호에 큰 파장을 일으켜 왔다.

현재 곤륜파의 세력은 사실상 그 아미파보다 축소되었다고 볼 수 있었다.

문파를 선봉하며 상징하는 고수들의 계층이 생각 외로 얇았기 때문에 제자들의 무위를 속성시킬 만한 장로들의 숫자가 적어 후기지수를 양성할 무관(武館)의 규모에 제약이 많았다.

아무리 명가의 제자라고 하여도 무공의 성취가 더디다면

제자들로서도 생각을 달리할 수 있는 법이다.

실제로 곤륜파 도가검수 자리에 오르지 않는 이상 곤륜을 나가는 데 제지하는 이가 없다.

본산의 연무장은 사파의 객이 아니라면 누구에게도 입장이 허락되었다.

도교사상이 짙은 타 방파의 절차와는 달랐고, 그런 이유로 수많은 젊은이들이 곤륜산을 찾았다.

곤륜파의 무위 서열은 간단했다.

제자가 되기 위하여 찾아온 젊은이들, 또는 아비의 손을 잡고 입산(入山)한 유아 제자들은 첫 번째 무관 시험을 통과하기 전까지 평무사로서 수련하게 된다.

도가검수에 오를 수 있는 자격 조건은 첫 번째 무관, 싱무관(尚武館)의 시험을 통과한 본산검수에게만 주어졌다. 이후 자질을 시험하는 용호관(龍虎館)의 절차를 모두 통과해야만 비로소 도가검수의 직위로 올라서는 것이었다.

하지만 용호관은 삼 년 주기로 한 번씩 열렸기에 강호로 빨리 출도하기 원하는 제자들은 그나마 적게 생성되는 기회를 잡기 위해 기득권을 형성했다. 후기지수들 간의 유대와 친목은 두터우나, 서열 상승에 있어서는 엄연히 순서가 정해져 있는 현실.

그렇기 때문에 곤륜파 본산 젊은이들의 숫자는 다른 문파보다 적을 수밖에 없었다.

그런 이유에도 불구하고 곤륜파가 엄연히 오대강파에 이름을 올릴 수 있었던 이유는 어디까지나 현경에 올랐다는 심명 선인의 존재 때문이다.

심명 선인의 무위를 설명하자면 입이 아플 지경이었다.

그의 일검은 검기상인 그 자체였고, 그의 육신은 도검불침과 수화불침이니 금강불괴가 따로 없었다. 능공허도, 등봉조극의 경지는 모든 무인들이 선망하는 환상 그 자체였고, 더불어 무형검, 신검합일의 신기를 완성한 전인미답의 고수였으니 무슨 설명이 더 필요할까?

그렇게 곤륜파 장문인과 무림맹의 맹주를 역임한 지 어느덧 육십여 년의 세월이 흐르고 있었다.

"화폭이 따로 없구나."

심명 선인은 곤륜산 섬진봉 끝자락을 허공답보로 거닐며 본산의 전경을 내려다보고 있었다. 때는 묘시였기 때문에 봉우리 주변에는 하층운이 겹겹이 모습을 드러내며 설경과 조화를 이루고 있었다.

늦가을 아름다운 곤륜산의 자태를 넋 놓고 바라보고 있던 심명 선인은 쓴웃음을 지었다.

"아직 할 일이 많이 남아 있거늘……."

편안한 상태와는 다르게 자조적인 음성이었다. 굳은 표정.

뒷짐을 쥔 채로 시선을 멀리 두고 있던 심명 선인은 몰아치는 근심과 걱정에 쓴웃음을 보였다.

천하제일.

적어도 강호에서 심명 선인과 대적할 수 있는 존재는 아무도 없었고, 그 사실은 항상 겸손하게 자신을 바라보는 심명 선인 본인 스스로도 느낄 수 있었다.

하지만 인생이라는 속세에 떨어진 사람으로서 하늘의 천수를 거스를 수 없는 법.

심명 선인은 살아갈 날이 얼마 남지 않았음을 느끼고 있었다. 그리고 그것은 근심이 되어 그의 가슴을 억누르고 있었던 것이다.

보통 세월을 초월하여 편안히 우화등선하기를 원하는 다른 전대 고수들과는 분명 다른 모습이었다.

심명 선인이 성취한 무위는 현경으로 알려져 있었다.

하지만 그런 그도 하늘의 뜻은 거스를 수 없는 법. 현재 심명 선인의 상태는 불균형 그 자체였다.

갑작스럽게 시작된 노화.

두 번의 환골탈태를 경험한 심명 선인은 불과 얼마 전까지만 하여도 불혹에 이르지 않은 젊은 모습이었다.

하지만 두 번의 재구성을 거친 육신일지라도 인간의 몸은 그 수명이 엄연히 정해져 있는 법이기에, 천수에 가까이 이르렀다는 것을 무너지는 몸이 증명하고 있었다.

지금까지 쌓아온 내공을 단전이 전부 수용할 수 없는 지경에 이른 것이다.

본래 현경이란 반신선의 경지다.

수많은 전대 고수들이 이르기를, 현경에 오른다면 적어도 절정고수 평균 수명의 두 배 이상 된다고 추측했다.

범인의 수명이 칠십에서 팔십인 것을 감안하자면 반로환동을 경험한 화경의 고수들은 많게는 백삼십에서 백사십까지 살 수 있다고 알려져 있었고, 역사적으로 수많은 전대 고수들이 일백 세를 넘게 살며 강호를 주름잡았었다.

근 백 년 이상 수많은 풍문을 일으켰던, 검신(劍神)이라는 별호로 더욱 알려져 있는 구양가주도 고작 화경 극(極)의 경지에밖에 오르지 못했다.

그 예로 봤을 때, 현경인 심명 선인의 하루하루는 나날이 역사가 되고, 그의 삶을 모든 강호인들이 주목하였다.

현 백칠십구 세. 실제로 백팔십 세 가까이 장수한 심명 선인의 전설은 앞으로도 계속될 것이며, 곤륜파의 쇄락은 심명 선인이 등선에 이르기 전까지는 찾아볼 수 없을 것이라고 수많은 세인들이 말할 정도였다.

"시간이 정말 얼마 남지 않았어."

하지만 심명 선인의 표정은 썩 밝지 않았다. 현경을 넘어선 무위를 가진 자신이었고, 더 이상 속세와 강호에 미련이 없다면 언제든지 우화등선할 수 있었다.

그러나 거듭 쌓아 올린 신기(神氣)는 더 큰 그릇이 뒷받침되지 않고서야 담아두기 힘들었다.

"문파의 미래가 걸린 일이다."

우화등선은 생각할 수 없었다.

심명 선인은 점점 위신을 잃어만 가는 곤륜파를 바라보며 탄식하고 있었다. 과거와 달라진 점은 아무것도 없었다.

긴 수련을 끝으로 곤륜파 도가검수에 오른 후기지수들은 화산의 매화검수보다 우위를 점친다고 알려져 있었고, 나아가 무당파의 도사들은 물론이요, 소림사의 소림권승까지도 압도하는 전력을 가시고 있었나.

하지만 문파를 책임지는 장로들의 숫자는 부족했고, 도가검수를 책임지며 관장하는 세 개의 무관은 이제 용호관 하나만을 남겨둔 상태였다.

무리를 하여 무관을 다시금 재립해 제자들이 수련할 수 있는 공간을 더욱 늘릴 수 있었지만, 그러기에는 본산 제자들의 숫자가 터무니없을 정도로 부족했다.

더불어 문파를 상징하는 다섯 명의 장로 중 두 명은 곤륜파 최고 절기인 운룡대팔식의 새 초식을 수련하기 위해 폐관에 들어간 상태이니 제자들의 양성 역시 빠듯할 수밖에 없는 상태였던 것이다.

이런 식으로 가다가는 오대강파는커녕 후일 구파 말석에서도 멀어질 가능성이 있었다. 그렇기에 이러한 문파의 사정을 돌보고 뜯어고칠 사람은 자신밖에 없다는 것을 심명 선인은 뒤늦게 자각했고, 그러기 위해서는 시간이 필요했다.

심명 선인은 긴 머리를 쓸어내리며 결단의 시간을 가졌다. 곤륜파를 강호의 꼭대기로 다시 재건하자는 청사진이 그의 머릿속에 그려졌다.

만사를 제치고 곤륜산 꼭대기에 오른 이유는 자신의 마지막 선택 때문이었다.

다시금 곤륜파의 명성을 온 천하에 알리기 위해서는 생사경의 경지.

"진신(眞神) 생사경, 신선의 경지로 들어서는 방법밖에는 없다!"

의미심장한 목소리가 주변을 가득 울릴 뿐이었다.

*　　　*　　　*

문주를 제외하고 곤륜파 내에서 가장 근민해야 할 사람을 꼽는다면 역시나 다섯 장로였다.

다섯 장로 중에서도 본산의 모든 일을 책임지는 장로는 세 명으로 압축된다.

운룡대팔식의 새 초식을 수련하기 위해 폐관에 들어간 두 장로를 제외한다면 당연한 숫자였다.

그중 문파 내각의 모든 업무를 책임지는 사람을 찾는다면 역시나 법을 관장하는 귀법대(鬼法隊)와 책무를 담당하는 초혼당(招魂堂)의 직임자 오율 진인(樂聿眞人)이 될 것이다.

"귀영문(鬼影門)에서 손님이 찾아오셨습니다."

오율 진인은 자신 앞에 포권을 한 채 보고를 올리는 초혼당주 응사남(應射男)을 바라보았다.

"귀영문에서? 무슨 일로?"

귀영문은 청해호(靑海湖)에 적을 둔 신흥 강파라 할 수 있었다. 얼마 전 있었던 공동파와의 비무대회에서 압도적인 차이로 승리를 거둔 것으로 강호에 큰 화제가 되고 있는 곳이었다.

절정에 이른 검수들의 숫자와 그 가진 힘이 기하급수적으로 늘어나고 있었기에 청해성의 잠룡문으로 인식되고 있기도 했다.

"본산과의 비무대회 추진을 목적으로 왔다고 합니다."

"뭐라? 재미있는 작자로군."

"……"

"다른 특별한 사항은 없나?"

“특별한 점은 없습니다만 귀영문주 본인이 직접 출두했고 문주님과의 독대를 원하고 있습니다.”

이어진 응사남의 말에 오율 진인은 너털웃음을 지었다.

등천풍검(騰天風劍)이란 별호로 더욱 알려진 귀영문주는 불혹에 나이밖에 되지 않았지만 넘쳐나는 패기와 투심(鬪心)으로 완전 무장된 전형적인 절정무인이었다.

한때 몸담았던 문파와 출신 성분이 알려지지 않았기에 무적자(無籍者)로 불리던 그가 수년 전 귀영문을 건립한다고 강호에 출도했을 때 모든 무인들이 비웃었다. 하지만 그는 단 오 년 만에 청해호에 단단한 기반을 세웠고, 당금에 이르러 신흥 강파에 어울리는 힘을 구축했다.

그 점은 오율 진인 역시 익히 들어왔기에 귀영문주의 끊임없는 도전을 긍정적으로 응원하고 있었다.

‘지나치군.’

하지만 지금의 행동은 지나친 도발이라고 볼 수 있었다. 공동파와의 비무대회에서 이긴 것은 분명 강호를 놀라게 했지만 구파의 끝자락이라고 할 수 있는 공동파의 무위는 점점 그 색을 잃어가고 있는 상태였다.

비무대회의 중심이었던 문파 후기지수들의 무위보다는, 최고 수뇌들이라 할 수 있는 본산 도사들의 무위가 공동파의 명맥을 이어가는 원동력이다.

　물론 귀영문이 공동파를 상대로 자웅을 나누어 승리했다
는 것은 분명 강호를 떠들썩하게 만들기에 충분했다. 하지만
그 승리는 평소부터 실력 논란으로 말이 많았던 공동파 후기
지수들과의 대결에서 나온 것일 뿐. 대결 성립 자체에 의문을
품는 강호인들도 많았다.
　어쩌면 귀영문과의 비무대회 성립 자체가 공동파의 실추
된 명성을 암시해 주는 일이었을 것이다.
　그런 승리를 계기로 지금, 그것도 오대강파에 속하는 곤륜
파를 비무 상대로 내다보았다는 것은 오율 진인의 입장에서
는 자존심이 상할 수밖에 없는 일이었다. 제아무리 최근 곤륜
파의 사정이 안 좋아졌다 할지라도 말이다.
　사실 보고를 하는 입장인 초혼당주 응사남 역시 지신의 역
량 아래 귀영문주를 돌려보낼 생각이었지만 귀영문주의 뜻이
워낙 완고했기에 어쩔 수 없이 오율 진인에게 보고를 올린 것
이다.
　'문주님께서 이 이야기를 들으면 어떤 반응을 보이실꼬.'
　워낙 어처구니없는 귀영문주의 출두였기에 오율 진인은
홀로 상념에 빠졌다가 응사남을 바라보며 물었다.
　"귀영문주는 어디에 있나?"
　"선유각(船遊閣)에 머물고 있습니다."
　오율 진인은 응사남의 말에 자리에서 일어나, 귀영문주가

머물고 있다는 선유각으로 향했다.

그렇게 얼마쯤 지났을까?

선유각에 도착한 오율 진인은 귀영문주 등천풍검이라 생각되는 인영을 살폈다. 거칠고 묵직한 패검이 장기라고 불리는 것과는 상반되게도, 키에 맞지 않아 작아 보이는 의자 밖으로 뻗은 그의 다리는 호리호리함 그 자체였다.

오율 진인이 들어서는 것을 나직이 응시한 등천풍검은 일어나지 않은 채 말을 이었다.

"곤륜파 장문인과의 독대를 요청했습니다만 전달이 잘못된 것 같습니다."

오율 진인은 뜻밖의 반응에 표정을 굳혔다. 본 파의 장문인인 심명 선인을 낮게 보는 표현이자 자신의 등장을 무시하는, 위험성있는 등천풍검의 발언.

의외라 할 수 있는 등천풍검의 발언에, 오율 진인 옆에 시립하던 웅사남은 표정을 굳히며 허리춤에 차고 있던 검집에 손을 얹었다.

따르는 상관의 표정이 심상치 않자 함께하고 있던 도가검수들 역시 얼굴을 굳히며 등천풍검을 바라보았다.

등천풍검이 대동한 호법들 역시 검집에 손을 올리는 일촉즉발의 상황. 이내 오율 진인은 표정을 풀며 천천히 말을 받았다.

“어린 소협의 패기와 당당함이 넘쳐 본인 역시 흐뭇함에 기분마저 좋아질 뿐이오. 하나 소협의 문파가 대성을 이루었다고는 하나 고작 청해호에 기반을 삼은 우물안 개구리가 아니오. 한데 소협의 자신감이 하늘을 찌르는 형상을 보이니 웃음밖에 나오질 않소이다.”

오율 진인의 표정은 살짝 입꼬리가 올라간 조소였다.

등천풍검은 아직 불혹에 이르지 않았지만 자신 역시 엄연히 귀영문이라는 문파의 장문인임에도 불구하고, 어린 소협이라는 호칭으로 불린 것에 얼굴이 굳어졌다.

오율 진인의 말은 계속되었다.

“때론 기고만장함과 쓸데없는 자신감이 화를 자초할 수 있는 법이오.”

그는 부드럽고 온화한 미소를 지으며 등천풍검을 바라보았다. 조소를 위장한 온화함. 등천풍검은 느낄 수 있었다.

맹수의 아가리 안에서 섣부른 판단을 내리는 것은 자살행위와도 같았다. 등천풍검은 표정을 굳히며 마지막 한마디와 함께 바깥으로 걸음을 옮겼다.

“각오하는 게 좋을 겁니다.”

＊　　＊　　＊

한편 심명 선인은 곤륜산 천장단지 옥허봉으로 단숨에 날아갔다. 옥허봉은 일 년 내내 적설이 쌓여 있고 그 허리에는 구름 안개가 들어서 있다.

그가 옥허봉에 오른 이유는 마지막이 될 수도 있는 곤륜산의 절경 하나하나를 기억 속에 담아두기 위함이었다.

이천 장에 가까운 높이인 곤륜산의 꼭대기 부그다반[布格達板]봉은 서쪽을 잇는 곤륜천을 밝혀준다. 곤륜천은 과거 제(齊)나라의 시조 강태공(姜太公)이 오행대도(五行大道)를 수련했다고 알려진 곳이고, 심명 선인이 곤륜파의 신 초식인 옥심귀일공(玉心歸一功)을 수련한 곳이기도 했다.

이름 모를 묘목들이 눈꽃을 가득 실은 채 병풍처럼 늘어서 있다. 과거의 회고가 묻어났다. 심명 선인은 문득 생각에 잠겼다.

"과연 은자림이 존재하는 것인가."

황허강의 발원점이라고 믿어지는 중원의 중심 곤륜산이다. 일월오악도(日月五岳圖)에는 오직 곤륜산의 절경만이 수놓아져 있을 정도다.

신선들의 왕가라고도 불리는 곳이 곤륜산이었고, 그곳에는 오래전부터 은자림이 존속한다고 알려져 있었다.

은자림, 그곳은 신선들의 대지였다.

강호의 역사를 흔드는 천마가 등장하여 모든 정도를 뭉갤

때, 천수와 함께 시간의 저편으로 사라졌던 은거고수들이 등장해 믿을 수 없는 절기로 제압하고 돌아갔다는 곳이 은자림이었다.

강호인의 출입은 엄격히 통제되며, 지금까지도 제대로 드러나지 않는 신선들의 땅. 심명 선인은 은자림이 있다면 분명 곤륜산 어딘가에 있다고 내심 짐작하고 있었다.

신선이라 하면 진신(眞神) 생사경의 경지요, 나아가 무학의 극강 경지이다.

기록상 강호인 중 그 누구도 생사경의 경지에 오른 자는 없었다. 입신 극의 경지인 현경조차도 심명 선인이 처음이자 마지막이 될 것이라고 알려져 있으니까.

하지만 심명 선인은 은자림이 존재한다고 믿고 있었다. 그만큼 강호인의 잠재 능력은 측량할 수 없다고 생각하는 것이다.

알려지지 않은 그 누군가가 분명 신선의 경지에 들어섰고, 때문에 은자림이라는 장소가 탄생했을 것이다. 그것이 그저 설에 불과할지라도 말이다.

실존했다면 과거 그들 역시 범인의 육신을 가졌을 것이다. 무학을 통해 신선의 경지에 올랐을 테니 말이다.

수많은 상념이 머릿속을 오갔다.

심명 선인은 가벼운 몸놀림으로 바람을 타며 산맥 중턱에

착지했다. 초입부터 길이 없는, 그야말로 곤륜산 한가운데였
다. 눈꽃이 내려앉은 주변 경색은 온통 하얗다.

몇 발자국 더 걸음을 옮겼을까.

"도착한 건가."

반경 열 장 정도 넓이의 공터였다. 북쪽의 한기와 남쪽의
온기가 충만한 곳이었지만 무엇보다도 강하게 느껴지는 기운
은 따로 있었다.

획기(獲氣).

수천 년 묵은 영물과 영약이 묻혀 있기라도 한 것인가? 참
으로 엄청난 기운이었다.

심명 선인에게 있어서 이곳은 추억의 장소였다.

"두 번의 환골탈태를 이룬 곳……"

놀랍게도 이곳은 심명 선인이 두 번의 환골탈태를 했던 곳
이었다.

절정 극에 오른 곤륜 도사들은 초절정의 깨달음을 얻기 위
하여 폐관 수련에 들어간다. 곤륜의 폐관 수련은 타 방파와는
달랐다. 그들은 전경 수천 리는 단번에 넘는 곤륜산맥의 절지
중 한곳을 폐관 수련의 장소로 선택하게 된다.

특별히 개개인의 폐관 수련 배경을 선택하는 것이었다. 곤
륜산의 도사에게만 주어지는 유일한 특권이며, 선대 고수들
역시 동일한 방법으로 절학의 무위를 깨달았으니 이만큼 검

증된 방법도 없었다.

곤륜산에는 섬진봉, 옥허봉 외에도 곤륜천, 황허강 등 기지가 충만한 절지가 많기로 소문이 자자하다. 그곳은 문파의 도인들을 절학의 경지로 인도했으며 대성을 이르게 만들었다.

그렇기에 보통 도사들은 검증된 장소를 차지하기 위하여 기득권을 형성했고, 당시 낮은 항렬에 있던 심명 선인은 다른 도사들처럼 절정의 무위를 가지고 있었어도 일찌감치 기득권 싸움에서 멀어진 상태였다.

그러한 때 심명 선인은 이곳을 발견했고, 곤륜산의 여섯 번째 장문인으로 추대받음과 동시에 강호 전체가 그를 경외하게 되는 상황을 만들어낼 수 있었던 것이다.

장소 하나가 그런 결과물을 남겼다고는 믿을 수 없었지만 이곳에서 수련을 했던 심명 선인만은 잘 알고 있었다.

"여전하군……."

심명 선인은 익숙한 기운에 눈을 감아보았다. 곤륜파의 미래가 걱정되기도 했지만 어쩌면 심명 선인 스스로도 새로운 경지에 나아가고 싶은 욕구가 있기 때문일지도 몰랐다.

역사상 그 누구도 오르지 못했다는 현경에 오르고, 무학 극의 경지인 생사경에 도전한다는 것.

하지만…….

"장담할 수 없다."

　새로운 경지를 찾아내는 과정은 역시나 깨달음이 중요했다. 무학의 경지는 이루 말할 것이 없었고, 깨달음 이외에도 자신이 성취한 무위의 역량도 필요했다.

　강호인들에게 있어서 새로운 경지로의 등극은 양날의 검이라고 할 수 있었다.

　실패하면 곧바로 주화입마에 빠질 것이고 자칫하면 목숨까지 보증할 수 없었다.

　하지만 더 이상 시간을 지체했다가는 곤륜산의 미래가 까마득할 뿐이다.

　심명 선인의 결심은 이미 굳어진 상태였다. 잠자코 기다릴 수만은 없는 법.

　곧바로 생사경을 향한 운공조식이 시작되었다.

　진신 생사경.

　수백 년의 세월에 맞먹는 공력이 쌓이도록 수련한 사람이 악과 욕을 잊는 과정을 말한다. 말 그대로 우화등선이 자유로운 경지이다.

　전신(戰身)을 완성하여 명실상부한 신(神)의 경지에 도달하기까지는 몇 가지 단계를 거친다.

　그 첫 번째가 마음을 비우고 수천, 수만 개의 모용을 이해하는 자연신의 초입인 서문(序門).

심명 선인은 천천히 눈을 감았다.

"모든 혈도를 확장한다."

심명 선인이 내뿜는 기세에 의해 반경 스무 장 이상의 지반이 흔들리고 있었다.

환골탈태를 맛보는 화경이나 현경에 오르는 것과는 방법을 달리하는 진신 생사경.

그것은 온 신체의 세포 하나하나가 재구성되어 육신의 영역을 확장함을 뜻한다. 즉, 육체의 한계치가 사라진다는 것이다.

서문을 지나면 두 번째, 영일문(靈一門)에 진입한다. 육신의 재구성이 끝나 육신과 자연이 하나가 되는 일체감을 맛보는 단계이다.

곧 일체감에서 오는 기쁨이 심신을 안정으로 이끌고, 거듭되는 안정감에서 즐거움을 맛보는 영이문(靈二門)으로 들어선다. 그리고 이 단계를 지나면서 그러한 기쁨마저도 잊게 되고, 걱정과 근심도 모두 사라진 맑고 평안한 마음이 되는 영삼문(靈三門)에 이른다. 여기까지 오면 범인은 이해할 수 없는 신통력의 범주에 들어선다고 할 수 있다.

선심이 깊어질수록 공력은 상승되며 더욱 장대해진다. 진정한 절대고수의 묘용을 갖게 되는 것. 그것이 바로 진신 생사경이 보이는 위용이다.

확장은 공력의 기초 지반이 되는 단전혈을 시작으로 모든 혈도가 궁극에 이르러야만 한다. 그 어디에서도 알아낼 수 없는 진신 생사경의 입경 방법이었지만, 현경에 이른 심명 선인의 육체는 분명 말해주고 있었다.

운공조식이 시작되고 심명 선인은 자연과 그대로 하나가 되었다.

육신 전체로 갈무리한 모든 공력이 단전을 시작으로 폭포수처럼 쏟아지기 시작했다.

무려 백팔십 년의 세월. 삼 갑자나 되는 어마어마한 내력이 온몸 전체로 쏟아져 내려갔고, 그것은 순식간에 중추신경을 확장시키기에 주력했다.

눈을 감은 심명 선인의 모습에서 광활한 무학의 깨달음이 느껴지고 있었다.

쾅—

전신 수백 개의 혈도에서 공력은 확장을 시도한다. 그리고 그 주축이 되는 삼 갑자의 내공은 단전혈을 지나 중주혈을 강하게 때리기 시작했다. 이미 개방된 혈도는 내공에 의해 점령되었고 다음 혈도로 축적된 내공을 안내했다.

내공은 그대로 중극혈을 돌아 의사혈을 점령했다. 이미 수천치의 내력을 충당할 수 있는 혈도는 더욱 장대해졌다.

막힘이 없었다. 이대로 시간만 흐른다면 심명 선인은 그대로 생사경의 경지를 돌파할 듯 보였다.

아랫배의 중심이 되는 상곡혈에서 내력이 모인다. 곧이어 척추를 때렸고, 근축혈마저 점령한 내력은 계속해서 북상을 시도한다.

지반이 흔들리던 대지는 요동치기 시작했다.

운공조식이 시작됨과 동시에 두둥실 떠올랐던 오기조원과 삼화취정은 온데간데없이 사라지고 주변을 밝게 비추던 강기조차도 모습을 감추었다. 하지만 요동치는 지반은 여전히 계속되고 있었고, 그것은 단 하나를 뜻했다.

공력이 무형화되는 것. 실로 믿을 수 없는 광경이 그를 통해 펼쳐지고 있었다.

모든 것이 쉽게 흘러가고 있었다. 순식간에 소주천을 마친 공력은 계속해서 북상하며 자궁혈을 공략하기 시작한다.

진정한 자신과의 싸움은 지금부터가 시작이었다.

말초신경 하나하나까지 재구성을 시작한 까닭일까, 폭포수처럼 계속 쏟아져 내리던 단전의 공력도 이제 그 여세가 꺾이고 있었다.

혈도의 확장을 시도한 상태에서 공력이 뒷받침되어 주지 않는다면 곧바로 주화입마에 빠질 수 있는 위험천만한 상황.

하지만 믿을 수 없는 일이 벌어졌다.

우우웅—

주변 묘목 위에 앉아 있던 눈꽃이 비산하며 설향을 피워냈
다. 동시에 허공으로 기화되며 화폭으로도 담아낼 수 없는 광
경을 만들어냈고, 곧이어 엄청난 기공이 한가운데에 서 있는
심명 선인에게로 쏘아졌다.

믿을 수 없는 내력의 폭풍이 심명 선인에게 집중되며 또 다
른 경지로 나아가도록 부추겼다.

그 누구도 믿을 수 없는 광경. 어째서 불가능하기만 했던
현경을 심명 선인이 오를 수 있었는지 충분한 증거가 되고 있
었다.

심명 선인의 능력 역시 실로 대단했다. 아무리 곤륜산의 자
연 그 자체가 보내주는 공력일지라도 심명 선인의 내공과는
차이가 있을 수밖에 없었다.

그렇다면 공력 자체를 단전에 있는 내공과 같은 성질로 재
구성할 필요가 있었고, 심명 선인은 그 작업을 운공조식과 함
께 시전해야 하는 것이다.

표정 변화를 살펴볼 수 없었던 그의 얼굴에서 굵은 땀방울
이 소낙비처럼 쏟아지기 시작했다.

순식간에 풍부혈과 천정혈을 지나친 엄청난 내공은 태양
혈을 압도하며 전신 팔 할가량의 확장에 성공했다. 동시에 분
산되어 있던 모든 내력이 순식간에 북상했다.

여기서 끝난 것이 아니었다. 정수리를 장악하고 백회혈까

지 확장에 성공하게 되면 남은 내력을 모두 끌어모아서 모든 혈맥에 채워 넣어야만 했다. 그렇게 되면 육신의 티끌만 한 구성 요소 하나하나까지 탈태되며 믿을 수 없는 변화를 불러일으킬 것이다.

끝이 없는 공력의 흐름은 곧이어 백회혈까지 이어졌다. 이미 열려 있는 혈도였기에 돌파에 크나큰 어려움은 없었다.

눈을 지그시 감은 채 짧게 심호흡한 심명 선인은 자신이 가진 모든 내력을 온몸으로 쏘아 보냈다.

무아지경에 빠져든 심명 선인은 공력의 확장이 인도하는 곳으로 점점 내력을 집중하기 시작했다. 빙산도 녹여 버릴 엄청난 기공이 심명 선인의 피부 사이사이로 집중되었고, 백회혈의 확장을 마무리한 내력은 곧이어 육신 곳곳으로 쏘아져 나갔다.

넘쳐나는 진기.

감긴 눈에서는 수백 년의 세월이 느껴졌다.

믿을 수 없는 마지(魔地)의 위력, 이 장소의 비밀은 절대 고갈되지 않는 내력의 시발점이라는 사실이었다. 넘을 수 없을 것만 같았던 현경의 경지도 단숨에 돌파할 수 있게끔 만들어 준 그것.

'되었다.'

모든 공력을 자신의 것으로 받아들였다. 심명 선인은 혈맥을 따라 흐르는 수십 갑자의 내공을 느낄 수 있었다. 과연 심득의 경지. 무아지경 중에 육체가 재구성에 이르는 상태를 인지할 수 있었다.

'…….'

하지만 심명 선인이 무엇인가 잘못되었음을 느낀 것은 넘쳐나는 공력이 모든 혈도를 돌아 그 환승점이 되는 회음혈에 들어설 때였다.

갈무리한 내공의 수위도 수십 갑자에 이른 것만 같은 충만한 느낌을 받는 상태. 육신은 한계를 넘어 이미 진신 생사경에 도달했다는 것을 알리고 있었다.

하지만 그 증거가 되는 세 번째 수탈이 이루어지지 않고 있었다. 육신은 거듭 획기를 받아들이고 있었고, 모든 혈도는 포화 상태에 이르렀다. 그런데도 이에 따른 변화는 일어나고 있지 않은 것이었다.

지반에서부터 전해지는 획기가 계속해서 증강됐다. 시간이 지날수록 지나치게 늘어났고, 그로서도 더 이상 받아들일 수 없는 상태까지 초래됐다. 하지만 넘쳐나는 강기의 주입은 멈출 생각을 하지 않았다.

'혈도를 봉쇄해야만 한다.'

몰아치는 공력의 상승에 심명 선인은 갈무리한 내공이 폭주하는 느낌을 받았다. 주화입마가 올 것이다. 그렇기에 심명 선인은 혈도 봉쇄라는 판단을 내릴 수밖에 없었다.

이렇게 된다면 애써 확장한 혈도의 공력을 모두 포기해야 한다. 아무리 공력을 이용해 단전에 내공을 쌓는다 할지라도 그것이 섬명선인의 상성과 맞지 않는다면 무용지물이 되는 것이다.

눈앞으로만 느껴졌던 진신 생사경이 다시금 멀어지는 순간이었다.

심명 선인은 늘어만 가는 내공의 폭주를 봉쇄하기 위하여 마지가 제공하는 강기의 집합지가 되는 단전혈의 일문(一門)인 천추혈을 닫았다.

쿨럭—

혈도를 봉쇄하기가 무섭게 심명 선인의 귀와 눈, 입, 코에서 새빨간 피가 폭포수처럼 뿜어져 나왔다.

주화입마!

능공허도의 무위로 바닥으로부터 반 장 이상 답보하고 있던 심명 선인의 육체가 꺾이며 눈이 쌓인 바닥으로 형편없이 내동댕이쳐졌다. 단 한차례도 이러한 경험을 하지 못했던 심명 선인은 내부에서 폭주하는 공력으로 인해 몸을 가눌 수가 없었다.

문제는 흘러들어 오는 강기가 멈추지 않는다는 사실에 있었다. 육신은 그 한계를 이미 넘었기에 타격을 입을 수밖에 없었다. 힘겹게 떠진 동공에는 흰자위만 보였고, 부풀어 오른 단전은 수습할 방법이 없었다.

과욕이 부른 결과라고 해야 할까, 아니면 감히 신의 경지를 넘본 이에게 곤륜산이 주는 형벌일까.

심명 선인은 머릿속이 하얗게 변하는 것을 느낄 수 있었다.

정체불명의 획기가 존속하는 곤륜산의 절지. 그 능력은 곤륜산의 한 도인이 화경을 넘은 현경에 오르는 것을 허락했지만, 진신 생사경을 이루는 것은 그대로 보고 있지 않았다.

심명 선인 그조차도 예상치 못한 결과.

그의 몸은 엄청난 기운과 함께 폭사하여 무형화되었다.

기화(氣化).

심명 선인의 모습은 온데간데없이 사라졌다.

第二章
북건성의 어린 천재

공룡
기신

　열다섯 문 무림맹 장로 중 열네 명의 추진 아래 근 삼 년 이래 없던 정의협객전이 개최되었다.

　오대강파의 일원으로 새롭게 추대되며 무림맹에서 적지 않은 발언권을 행사하게 된 잠룡문주의 의견 아래, 청해성의 신흥 강파인 귀영문의 구파 추대와 동시에 공동파의 구파 제명이라는 파격적인 주제가 회합이 결성된 이유였다.

　도합 세 번의 회합이 이 같은 주제로 결성되었지만 단 한차례도 통과하지 못했다. 최종 결정권을 행사할 무림맹주의 부재 때문이었다.

무림맹주를 포함, 도합 서른 명의 범파장로가 참관하는 이 회합은 강호 안에 일어나는 무게있는 일을 저울질하는 중요한 회합이었고, 이 회합에서 가장 큰 결정권을 가지고 있는 존재는 역시나 무림맹주, 곤륜파 장문인 심명 선인이었다.

심명 선인의 결정권은 제아무리 다수의 무림맹 장로들일지라도 무시할 수 없었다. 그렇기에 장로들은 계속되는 그의 부재를 의아해할 수밖에 없었다.

하지만 세 번째 회합마저도 불참했으니 혹시 그의 명이 각에 달하지 않았느냐, 조금 더 나아가 이미 우화등선하지 않았냐는 낭설이 강호에 퍼지기에 부족함이 없었다.

공동파 장문인과 귀영문주의 공동 참관.

살얼음판을 걷는 긴장감과 난기류가 형성된 가운데 결국 네 번째 회합이 이루어졌다.

그곳에서, 임시로 정해진 잠룡문주의 무림맹 결정권 아래 공동파는 구파에서 제명되고 구파 말석의 새로운 이름으로 귀영문이 들어가는 엄청난 일이 벌어졌다.

수백 년 정파 역사와 함께하는 정의협객전, 그 역사상 단 한차례도 없었던 이례적인 일이었고, 구파일방 오대세가의 정형화된 틀을 깨는 어처구니없는 일이라고 할 수 있었다.

도의를 벗어난 엄청난 결정이었기에, 그것은 구파일방뿐만 아니라 모든 강호와 정도 세력에 자칫 큰 소란을 일으킬 수 있었다. 하지만 오대강파에서도 이제는 가장 강한 힘을 보이는 잠룡문의 결정에 이의를 제기할 수 있는 존재는 아무도 없었다.

그렇게 열흘 후.

또 한 번의 정의협객전이 열린다는 소식이 온 강호에 공표되었고, 그 주제는 새로운 무림맹주의 추대라는 엄청난 것이었다.

청해성 곤륜산.

곤륜파의 장문인이자 무림맹주 심명 선인. 그의 부재로 인해 심리적으로, 물리적으로 가장 큰 고뇌에 빠져 있는 것은 다름 아닌 문파의 다사를 책임지는 오율 진인이었다.

말없이 사라질 문파의 큰 어른이 아니었고, 출타 역시 곤륜산의 전경을 돌아본다는 이유였기 때문에 하루 이틀 귀환하지 않는 그의 부재에 아무런 걱정을 하지 않던 오율 진인이었다.

불안한 내색을 애써 지우며 심명 선인의 귀환을 고대하고 있던 오율 진인이 체면도 불사한 채 버선발로 뛰쳐나온 것은 새로운 무림맹주의 추대가 이루어진다는 정의협객전이 벌어지기 정확히 열흘 전이었다.

곤륜산의 유아 제자들을 손수 돌보며 학문을 전수하고 있

던 때,

"곤륜장로 오율 진인은 들어라!"

오율 진인은 객당을 쩌렁쩌렁 울리는 큰 음성과 살기에 반사적으로 자리에서 일어났다. 놀란 눈초리로 오율 진인을 바라보는 유아 제자들의 신변을 다른 도가검수들에게 맡기고 그는 한달음에 바깥으로 나갔다.

유아 제자들이 머물며 학문과 무학을 닦는 해임전은 본산 제자들에게도 엄격히 출입이 통제된 곳이었다. 투심과 살의를 숨기지도 않은 채 그곳으로 들어서는 기운에 오율 진인은 이내 흥분할 수밖에 없었다.

청풍의(靑風衣)와 허리춤의 적월검(赤鉞劍). 강호를 떠들썩할 정도로 휘어잡고 있는 잠룡문의 복식이란 것을 강호인이라면 모를 리가 없었다.

서른 명이 넘어가는 잠룡문도들이 절대 좋은 목적으로 출두한 것이 아님을 오율 진인은 주변 곳곳 쓰러진 본산검수들의 모습에서 확인할 수 있었다.

오율 진인은 천천히 고개를 들어 소란의 중심이 되는 인영을 바라보았다.

귀영문주 등천풍검!

소란을 피우며 곤륜산에 발을 들여놓은 존재는 다름 아닌 얼마 전 일어났던 회합에서 구파 말석을 차지한 귀영문의 장문인 등천풍검이었다.

"이게 무슨 짓인가?"

일전에 비무대회 신청을 이유로 곤륜에 찾아와 나눈 좋지 못한 담화로 서로에게 안 좋은 기억을 심어준 일이 있었다. 그렇기에 오율 진인의 외침에는 강기가 자연스럽게 돌출될 수밖에 없었다.

"무림맹 사자로 왔소."

등천풍검이 무림맹의 휘장을 내보이자, 오율 진인은 표정을 굳히며 잠자코 다음 말을 기다렸다.

"곤륜파의 죄를 물으러 사자를 보내니, 죄목은 다음과 같다. 무림맹주로서의 도의를 망각한 채 범파장로회의 및 정의협개전에 참석을 거부하며 정파의 기강을 바로잡지 못한 죄."

오율 진인의 표정이 싸늘하게 변하며 등천풍검을 쏘아보았다.

"뭐라?"

"명확한 증거를 제시하지 않으며 무림맹주의 등선을 은폐하려 한 죄를 비롯, 오대강파로서의 면모를 드러내지 못한 채 정도의 흐름에 동참하지 않은 죄, 이 밖에도 구파의 질서와 화합을 실추시키는 일들이 끊이지 않는다고 판단, 무림맹의 임시 맹주 잠룡문주 태신청검은 곤륜파를 오대강파에서 제명하며 죄를 묻는 것이 합당……."

등천풍검의 말이 채 끝나기도 전에 엄청난 강기가 그의 가슴팍을 향해 쏘아졌다. 가히 빛의 속도라 할 수 있는 빠르기의 섬광이 모든 이의 시선을 빼앗았다.

내공의 주천을 이용, 순식간에 공력을 쏘아 보내는 태청산수 사단공의 일초식 극명뢰(極明雷)가 오율 진인의 손끝에서부터 시전된 것이다.

외공을 가득 실은 팔을 교차하여 온 힘을 다해 막아낸 등천풍검이었지만 순식간에 뒤로 일 장 이상이나 밀려났다. 엄청난 공격이었다.

검게 그슬린 두 팔을 채 살피기도 전에 오율 진인의 외침이 곤륜산 일대를 강타했다.

"무림맹이 이토록 간신적자하니 정녕 강호의 내일도 맑지 않구나! 네놈들은 오늘 살아 돌아가지 못할 터!"

귀에 담을 수 없는 참지 못할 낭설들.

오율 진인은 부들부들 떨리는 두 손을 들어 등천풍검을 가리키며 크게 외쳤다.

오율 진인의 공격을 계기로, 등천풍검과 함께한 서른 명의 잠룡문도들은 기다렸다는 듯이 왼쪽 허리춤에 찬 검병에 손을 얹으며 등천풍검과 시선을 같이했다.

처음부터 이러한 상황을 예상하고 왔다고 보아도 무방했다.

일촉즉발의 상황. 이 상황을 방관하기만 하던 해임전주를 비롯, 해임전을 수호하는 다섯 명의 도가검수는 표정을 굳히며 오율 진인의 양옆으로 직립했고, 그들과 시선을 함께한 오율 진인은 나직이 말을 이었다.

"해임전주 영조위(榮條委)는 본산검수들과 함께 유아 제자들의 신변을 확보하고 본각에서 벌어진 사실을 고하라. 나머지는 곤륜산의 명예를 걸고 적을 섬멸한다!"

등천풍검과 함께한 잠룡문도들의 무위는 얼핏 보아도 절정의 무위를 단번에 넘어설 듯한 까다로운 상대였다. 거기다 수적으로도 열세. 도가검수 다섯이 오율 진인과 함께하고 있었지만 유아 제자들의 신변을 살피며 상대하기가 여간 불리한 상황이 아니었다.

또한 등천풍검은 절대 얕잡아볼 상대가 아니라는 것을 오율 진인은 느낄 수 있었다.

이대로 양쪽이 부딪친다면…….

'필패…….'

아무것도 모르고 안채에서 기다리고 있을 유아 제자들의 모습이 눈에 선했고, 그것은 오율 진인의 뛰는 가슴을 진정시켰다. 오율 진인은 함께한 도가검수들과 함께 숨을 죽였다.

차아앙—

수많은 상념들이 오율 진인의 머릿속을 오갔지만, 검을 뽑는 소리가 나자 더 이상 이어지지 못했다.

등천풍검을 비롯해, 함께온 잠룡문도들의 검집에서 요란한 소리와 함께 검신이 개방된 것이다.

오율 진인은 마른 침을 삼키며 정면을 응시했다.

'문주님……'

＊　　＊　　＊

그 시각, 명계의 환생부(還生府).

환생부의 모든 다사를 담당하는 염라사자 북천주(北泉主)는 황천사자들로부터 전해진 저승명부를 확인하며 원혼들의 환생 명단 작업에 한창이었다.

그리고 명단의 끝.

원혼 평휘엽, 환생후(還生後) 잠룡문도 운사유(雲史油)의 적자 운유겸(雲流鉗).

＊　　＊　　＊

잠룡문.

하남성에 본산을 두고 산서성을 비롯, 섬서성과 하북성 일대의 분파가 무려 삼십여에 달하는, 현 오대강파의 으뜸에 올라 있는 신흥 문파이다.

문파의 장문인인 잠룡문주 태신청검의 나이는 지천명을 넘어섰다는 소문이 있지만 그의 얼굴은 아직 이립이 채 되지 않아 보였다. 동시에 그가 자랑하는 무공의 수위는 이미 화경의 극에 달했다는 소문이 있을 정도.

하지만 문파가 자랑하는 것은 비단 잠룡문주의 무위뿐만이 아니었다.

잠룡문은 사학(史學)과 문학(文學)을 비롯해 진법과 병법에서도 두각을 나타냈다. 오 년 전 있었던 제갈세가와의 논검단판은 삼십전 삼십패라는, 병법 귀재로 수백 년의 역사를 간직하고 있는 제갈세가 사상 씻을 수 없는 치욕을 제공하는 엄청난 일화였다.

그렇게 잠룡문의 성장은 그들의 이름과 같이 일취월장했다.

잠룡!

현 강호의 흐름은 잠룡문에 따라 이루어지고 있다고 해도 과언이 아니었다. 그나마 명맥만을 유지하며 구파일방, 오대세가의 축을 짊어지던 곤륜파의 장문인 심명 선인 역시 때 아닌 부재로 인해 무림맹주로서의 실권을 언급할 수 없는 상황.

그 길고 긴 일 년의 부재를 무림맹은 용납할 수 없었고, 시간을 끌어오던 범파장로들도 잠룡문주의 압박에 못 이겨 대사를 결정하게 된다.

새로운 무림맹주.

공석으로만 남겨둘 수 없던 무림맹주의 자리에 잠룡문주 태신청검이 오르면서 강호는 새로운 국면을 맞게 된다.

그로부터 칠 년…….

잠룡문도 운사유는 북건성의 상권 수송 관할을 맡은 붕패대(繃佩袋)의 부대주로 있는 삼류무사였다.

부푼 야망을 가지고 잠룡문 본산이 있는 하남성으로 출사표를 내던지며 출도했던 때가 약관을 갓 넘어섰을 때.

능력과 문파에 대한 충성도로 철저히 자리가 배분되는 잠룡문의 도의에 의해 최하급 관리에만 머문 십 년의 세월.

워낙 둔재였던지라 삼재검법의 기본 십 초식을 연마하는 데만 오 년의 세월을 허비하며, 진급 시험의 무관을 담당하는 관주들에게 갖은 질타를 받아야만 했던 운사유였다.

그러한 와중에도 그는 후사에 대한 야망이 존재했기 때문에 수련을 게을리 하지 않았다. 결국 십 년의 세월이 지나고 이립의 나이를 넘어섰을 때, 문파의 기본 심법이라 할 수 있는 수라사룡심법의 진초를 깨닫는 쾌거를 이루었다.

내공을 갈무리하는 경지에 오른 결과, 잡일만 하던 운사유의 노력에 문파에서도 섭섭지 않은 자리를 제공했다. 그것은 본산과 멀리 떨어진 오지, 북건성 붕패대의 부대주 자리였다.

전원 일곱 명의, 하나의 부대로 칭하기에는 인색한 숫자였지만 일생 중 수하로 두 명 이상을 두었다는 현실에 그는 만족했다.

그리고 지금은 유일하게 상관이었던 대주가 호북성 분파회의 호출로 한 달 이상을 불려간 상태였다.

인구 오천이 채 되지 않는 북건성 대전현(大田縣). 이곳에서만큼은 운사유는 어깨를 곧게 펴고 다닐 수 있는 위치에 있다고 해도 장담할 수 있었다.

그다지 수려하지 못한 외모와 재미나지 못한 인성, 특출 나지 못한 무위. 그렇다 할지라도 이곳 북건성 대진현 인에서만큼은 운사유는 팔방미인이자 남중일색이며 선풍도골이었다.

결국 그는 잠룡문 붕패대 부대주라는 직함만으로 대전현 최고의 미인이자 대전현감의 막내딸 가윤과 혼인을 올리게 된다.

가윤은 식을 올린 지 채 육 개월이 지나지 않아 눈에 넣어도 아프지 않을 옥동자를 출산하게 되는데 그 이름이 운유겸(雲流鉗)이었다.

유서학당은 대전현에서 유일하게 유학도들에게 문(文)을

가르치는 학당이었다.

나라의 관리를 하던 서생 정명제(定名題)가 관복을 벗고 고향인 북건성에 내려와 손수 건립했다고도 잘 알려진 학당이었다.

스무 명 남짓 되는 유학도들은 정명제가 직접 필사한 낡은 서적을 펼쳐 놓고 공부에 한창이었다.

"……다음은 논어 학이이니라. 개현(价顯)은 읊어보아라."

때는 정오. 갑작스럽게 몰려오는 나른함과 시장기에 집중력이 흐트러질 시기였다. 하지만 때를 놓치지 않고 정명제는 회초리로 목탁을 치며 누군가를 호명했다.

"그… 그것이……."

호명된 개현은 정덕제의 말이 끝나기가 무섭게 서적을 재검토해 보지만 알맞은 답을 찾아내지 못했다.

"어허! 수차례는 예시하며 복습을 강조한 부분이거늘 사서삼경의 기초가 되는 그걸 모른다는 말이냐!"

이어 정덕제의 호통과 함께 개현은 앞으로 불려 나갔고, 매서운 회초리가 곱상한 종아리에 날아들었다.

즉답(卽答).

유서학당의 서생 정명제가 강조하는 방식이었고, 그것은 적은 인구의 대전현 유아들에게 학구열을 심어주는 원동력이 되었다.

아무리 인구가 적은 대전현일지라도 유아들의 숫자가 수백은 물론 일천을 넘어선다.

이에 대전현감은 관에 청을 넣어 학당의 건립과 글선생의 부임을 직접적으로 강조했지만 북건성 내에서도 촌구석인 대전현에 손수 내려와 글을 가르칠 서생은 없다고 보아도 무방했다.

그런 때,

나라의 관리로 있던 정명제가 내려와 자비를 들여 서당을 건립한다고 하니 아비어미 할 것 없이 자식을 데리고 학당 앞에 줄을 섰었다.

하지만 정명제는 학당의 인원 제한을 엄수했다.

내전현 유아 중에서도 상위 스무 명에 들지 못한다면 유서학당의 출입 자체를 할 수 없었던 것이다.

나라에서도 이급 관리를 지냈다는 정명제였기에 부모들은 자식들을 그의 학당에 보내기 위하여 손수 글공부를 시켰고, 그중에서도 가장 빼어난 스무 명의 서동이 지금 삼삼오오 유서학당에 모여 공부를 하는 것이었다.

즉답은 대전현 안에서도 가장 박식한 스무 명의 유아에게 문학을 가르치고, 유서학당에 입학하지 못한 유아들일지라도 강박감에 붓을 잡을 수 있게끔 만드는 효과를 제공하는 것이라고 할 수 있었다.

모여 있는 서동들의 나이를 따져 보자니 대부분 열 살을 갓 넘어선 어린 서동들이었다. 그러나 오른쪽 구석, 유난히도 작은 체구의 서동만이 무감각한 표정으로 주역 책을 나직이 바라보고 있었는데…….

한숨을 내쉰 정명제는 회초리를 거두며 다소 단조로운 어투로 말을 이었다.

"유겸은 논어 학이를 해석해 보아라."

"자왈(子曰) 학이시습지(學而時習之) 불역열호(不亦說乎) 유붕자원방래(有朋自遠方來) 불역락호(不亦樂乎) 인부지이불온(人不知而不慍) 불역군자호(不亦君子乎)이니. 공자께서 말씀하시길, 배우고 때에 맞춰 익히니 또한 기쁘지 아니한가? 뜻이 맞는 벗이 먼 곳에서 찾아오니……."

다른 서동들보다 작은 체구, 똑 부러지는 발음이 아닌 어린 음성. 육안으로 보아도 다른 서동들보다 어리다. 여섯에서 일곱이 되었을까? 배움에는 양식이 없기에 어릴 때부터 사서삼경을 깨닫는다 하지만 문장의 깊이를 이해하기에는 아직 매우 어리다고 볼 수 있는 유겸이었다.

하지만 조막만 한 입술에서는 청산유수와 같은 해석이 흘러나오자 정명제의 입가에 연신 흐뭇한 미소가 걸렸다.

물 만난 고기처럼 연신 정명제는 질문의 끈을 놓지 않았고, 유겸은 대학의 삼강령과 팔조목뿐만 아니라 논어의 학이까지 해석한 이후에야 문답의 끝을 볼 수 있었다.

"시경과 주역 역시 풀이할 수 있겠느냐?"

신동이라고 해도 과언이 아닐 재목. 유겸의 두 동공이 반짝였지만 고개를 숙이며 대답했다.

"아직 시경과 주역을 해석하기에는 공부가 부족한 것 같습니다"

정명제는 아쉽다는 표정이 역력했지만 미소를 머금은 입술은 시종일관 변하지 않았다.

지금 유겸의 빠른 성취를 봤을 때 사서삼경은 짧으면 두 해가 지나기 전에 완벽히 풀이할 수 있을 것이다.

분명 뛰어난 성장을 보이는 다른 서동들도 많았지만 유독 정명제의 하루 수학을 빛내게 해주는 존제는 다름 아닌 유겸이었다.

'녀석은 신동이야, 신동.'

북건성 대전현의 신동 운유겸의 정체는 다름 아닌 심명 선인이었다.

대학, 중용, 맹자, 논어, 시경, 서경, 그리고 주역.

사서삼경뿐만 아니라 사대성인, 나아가 중원 학도의 시초가 되며 극에 이르는 사학의 모든 구절이 유겸의 머릿속에 들어 있다고 해도 과언이 아니었다.

감정을 읽을 수 없는 유겸의 깊은 무표정 속에 담겨 있는 것은 후일에 대한 갈증이었다.

'영민한 것도 도를 넘는다면 주책이지.'

재주를 너무 드러내면 명을 재촉한다는 말이 있듯이 유겸은 시기심에 고양이 눈으로 자신을 노려보는 다른 학우들의 시선을 오래전부터 느낄 수 있었다.

그 눈빛을 의식하며 논어의 해석까지만 언급한 것이었다.

북건성에서는 그나마 어깨에 힘 좀 넣고 다닐 수 있는 붕패대 부대주와 대전현감의 막내딸이 유겸의 부모였기에 다른 서동들의 시기심도 어느 정도 사전 완화가 되었다.

하지만 그 출생이 전부 좋지만은 않았다.

후일, 강호에 출도해야 함에 있어 가장 중요한 시기는 유동 시절이었다.

절정고수가 되려면 심법의 기초가 되는 혈도를 유아 시절부터 벌모세수를 통해 갈고닦아야 했지만, 유겸의 처지가 곤륜파나 다른 명문 정파의 유아 제자가 아니었기에 벌모세수는 꿈도 꿀 수 없었다.

훗날 곤륜파의 명성을 위해 지금부터 뼈를 깎는 수련을 해도 늦다고 볼 수 있는 상황.

'홀로 어떻게든 해야 한다.'

유겸은 그렇게 천천히 마음을 다잡았다.

하루 일과를 마치고 집으로 돌아오는 길. 정명제가 직접 선물한 서책을 옆구리에 끼고 아장아장 좁은 보폭으로 걷는 모습이 무척이나 귀여운지, 사람들은 밭일과 장사를 마다하고 유겸을 바라보며 한마디씩 내뱉었다.

"어쩜 저렇게 호기로울꼬."

"학당에 다녀오는 길인가 보구나."

유겸의 외관은 아비인 운사유보다 어미인 가윤을 더욱 빼닮아 얼굴선이 곱고 장차 미래가 촉망된다고 사람들이 일컬을 정도로 미동이라 할 수 있었다.

무슨 생각을 골몰히 하는지 사람들의 반응을 한 귀로 듣고 한 귀로 흘리며 별다른 반응을 보이지 않던 유겸은 깊은 상념에 잠겨 있었다.

절정의 무위를 단번에 이룰 수 있는 식견과 지식을 비롯해, 온 중원 만물의 도학이 유겸의 머릿속에 존재한다고 하여도 과언이 아니었다.

문제는 그것을 담아낼 그릇이 유겸에게는 없다는 것이다.

곤륜파의 기초 심법이라 할 수 있는 태청신공(太淸神功)은 그 어떤 문파의 심법보다 대성을 이루기에는 많은 시간이 소모된다고 알려져 있다. 흔한 방법으로는 그 심법의 뜻을 깨우치기에 한계가 있었다.

하지만 선배 도사들의 벌모세수와 타천신공을 통달한 영약의 힘을 빌린다면, 수용 속도를 대단히 상승시킬 수 있다.

그러나 지금으로선 어디까지나 꿈속의 이야기였다.

유난히도 집으로 돌아가는 길이 짧아 보였다.

대전현에서 가장 으리으리한 집에 도착한 유겸은 안채에 올라, 대청마루에서 걸레질을 하고 있던 여급에게 어미의 종적을 물었다.

"어머님은?"

"북건성 관저로 오늘 아침 주인 어르신과 함께 출타하셨습니다."

'옳거니.'

여급에 말에 유겸은 쾌재를 질렀다.

훗날에 대한 강한 근심과 집착으로 약 보름 전부터 학당에서의 시간이 끝난 이후 한 시진 정도를 학당의 서재 전각 구석, 유겸만이 아는 비밀 장소에서 심법 구결을 위한 운공조식에 들어갔었다.

하지만 한 번의 실수로 대전현이 들썩이는 사건이 있었으니, 하루는 유겸이 태청신공의 구결을 운기하며 어렵게 잡아낸 내공의 끝자락을 놓치기 않기 위해 집중했고 결국 태청신공의 일단공에 이르는 성취를 이룰 수 있었다.

그 와중에 그만 무아지경에 빠져 하루를 보내게 되었고, 이

같은 사실을 전혀 모르고 있던 유겸은 가벼운 마음가짐으로 집으로 귀환한 이후에서나 뒤늦게 모든 사실을 알 수 있었다.

전날 밤.

붕패대는 물론 대전현의 표주무사들이 이 잡듯이 대전현을 돌고 돌며 유겸의 행방을 찾았던 것이다.

실수로 학당 서재에서 잠이 들었다고 얼버무리기는 했지만 워낙 유겸을 금지옥엽과도 같이 여기는 가윤과 운사유라 학당이 끝나는 시간이 되면 어김없이 대전현의 표주무사들을 고용해 보내기 시작했고, 그 이후 몰래 수련은 꿈도 꿀 수 없게 되었다.

진주 같은 눈물을 떨어뜨리며 무사들의 외관이 무섭다는 이유로 홀로 돌아오겠다고 조르기끼지 해봤지만, 이번엔 미랑이라 할 수 있는 이들이 고용되면서 이에 맞는 변명도 얼추 만들어내지 못하고 있던 상황.

결국 묵언 시위를 벌여 표주무사들이 유겸을 데리러 오는 상황은 사라졌지만 그것을 대신하여 가윤과 운사유가 직접 출두하기 시작했다.

이것만큼은 피할 방법이 없었기에 상황을 보면서 때를 노리고 있던 유겸이었다.

그렇게 오늘도 자신을 마중 나와 있을 거라 생각했던 가윤과 운사유의 모습이 학당 앞에서 찾아볼 수 없었기 때문에,

유겸은 의아함에 빠질 수밖에 없었다.

그런데 여급의 말로 모든 상황이 해결된 것이다.

유서학당에 있는 시간을 제외한다면 모든 시간을 집에서 보내는 유겸에게 지금이야말로 수련을 할 수 있는 절호의 기회였다.

"자, 그럼 시작해 볼까?"

여급과 하인들에게 일찍 취침에 든다고, 사랑방 안채에는 발을 들이지 말라는 권고를 한 유겸은 천천히 문고리를 잠그고 태청신공의 주천을 위해 운공조식에 들어갔다.

*   *   *

그 시각 붕패대 부대주 직위로 북건성주회의에 호출되었던 운사유는 대전현으로 향하는 대로로 말머리를 돌리고 있었다. 대전현이 자랑하는 표주무사들과 붕패대주를 제외한 모든 대원들이 양옆으로 호위하는 모습은 제법 그럴싸하게 대로를 가득 메우고 있었다.

안장에 앉아 있는 운사유는 딴생각으로 두 동공이 풀려 있었다. 나란히 말머리를 고정하고 있던 붕패대원 원삼(員촛)이 말을 걸었다.

"무슨 걱정거리라도 있으신 겁니까?"

“……”

“부대주님?”

“아, 아니, 신경 쓰지 말거라.”

원삼에 물음에 아무것도 아니라는 표정으로 응답한 운사유는 말고삐를 붙들며 계속해서 혼자만의 상념을 이어나갔다.

“호남성으로 가보는 것이 어떻겠는가? 마침 호남성 각원단(却寃單)의 행동단원 자리가 하나 남는다는 소식이 있는데, 어찌할 텐가? 내 자네가 원한다면 북건성주로서 힘써 추천해 보겠네.”

어느덧 붕패대 부대주 자리로 부임한 지 팔 년. 능력에 비해 섭섭지 않은 대우와 다소 분에 넘치는 대가를 받으며 만족해 오던 운사유였다.

하지만 어디까지나 북건성 대전현 안에서만 국한된 일이었고, 관저에서 고을의 회합이 열리거나 붕패대 대표로 잠룡문의 호출을 받고 분파회의에 참석하거나 하면 항상 멸시와 비하의 대상이 되던 것이 자신이었다.

자신이 성취한 삼류무위가 그 이유였고, 때문에 언제나 고개를 떨어뜨리고 뒷걸음치기도 했다.

"언제까지 북건성 시골에서의 생활에 만족하며 잠룡문도로서 패기를 잃고 살아갈 텐가? 자기 자신한테, 그리고 식솔들에게 부끄럽지 않나?"

자신의 모든 것을 꿰뚫어 보고 있던 북건성주의 말.

강호의 구도를 정확히는 모르는 아내 가윤 같은 경우에는 운사유가 강호의 정점에 올라 있는 잠룡문도라는 사실에만 초점을 맞추고 있었다. 그런 가윤의 모습에 때론 안도하기도 했지만 자괴감이 더 컸다.

더군다나 성장하는 유겸의 모습을 본다면…….

'각원단이라…….'

잠룡문 각원단은 호남성에서는 제법 알아주는 진압대라고 할 수 있었다. 타 방파와의 상권 다툼에 진압조로 최선봉에 서는 각원단의 최고 수뇌는 절정 무위를 갖추고 있고, 그를 따르는 휘하의 절반 이상이 일류 반열에 올라 있다고 해도 과언이 아니었다. 그 정도로 붕패대와는 차원을 달리하는 집단인 것이다.

그런 곳의 행동단원이라면 수만 잠룡문도 사이에서도 알아주는 계층에 속했고, 나아가 잠룡문 본산이 있는 하남으로 이동할 수 있는 기회가 주어지기도 했다. 물론 어디까지나 실력이 뒷받침되어야 한다는 전제조건이 붙긴 했지만 말이다.

무기력하게 지속되는 삶에 대한 실리냐, 강호인으로서 나아갈 수 있는 자존감이냐 하는 두 선택권을 바라보며 저울질하는 자신의 모습에 운사유는 너털웃음을 지을 수밖에 없었다.

"부대주님."

오만가지 상념을 품은 채 들어선 대전현 초입.

누군가의 부름에 고개를 든 운사유는 익숙한 인영과 조우했다. 그는 다름 아닌 유서학당의 정명제였다.

"당주 선생님 아니신지요. 이 야밤에 무슨 일로 길에 오르시는지?"

"복주(福州)에 먹과 화지, 그리고 필사할 서책을 사러 가는 길이었습니다. 북주객잔에 잠시 맡겨두었던 중미도 되찾아 올 겸 말입니다. 내일 새벽 일찍 귀환할 터이니 학당의 수업은 염려하지 않으셔도 됩니다."

뜻밖의 반가운 만남에 짧은 인사치레가 오갔고, 뒤따라온 행렬이 있었기에 대화는 곧 마무리되었다.

"겸이 아버님."

그렇게 대전현으로 들어가려는 순간 정명제가 다시 한 번 운사유를 불러세웠다.

어수선한 기류와는 사뭇 다른 진지한 정명제의 시선. 낙엽 하나가 떨어지는 시간이 흘렀을까? 정명제는 말을 이었다.

"겸이에 대해 잠시 이야기를 나누고 싶습니다."

*　　*　　*

이튿날이었다.

유겸은 사랑방 안채에 들어서자마자 밤사이 도착한 반가운 모습의 운사유와 가윤을 확인할 수 있었다. 가윤의 품속에 들어가 금지옥엽 외동아들로서의 행동을 몸소 실천한 그의 표정은 썩 밝지만은 않았다.

'대주천은커녕 단전조차 주천하기에도 어려운 상태이니……'

밤새 무아지경에 빠져 태청신공의 구결을 외웠지만 별다른 성취를 하지 못한 것이 그 이유였다.

심법 특유의 내공 수용을 위하여 풍부하게 내공을 갈무리한 단전에서 운기조식이 시작되어야 함이 분명했지만, 일단 공에 이르는 깨달음을 얻었음에도 불구하고 아직 혈도가 개방되지 않은 상태였기에 대주천은커녕 소주천도 꿈 꿀 수 없었다.

수백 개의 혈도는 물론, 수천, 수만 개의 혈관의 맥까지 읽을 수 있는 깨달음, 하지만 그것을 뒷받침해 줄 수 있는 그릇이 존재치 않다는 것. 병법은 알고 있으나 활용해야 할 장수와 병장기가 없는 꼴이었던 것이다.

가윤과 두 명의 표주무사의 호위를 받으며 학당으로 갈 채비를 마친 유겸은 의아함에 빠졌다.

항상 함께했던 아버지 운사유가 동행하지 않는 까닭이기도 했지만 가장 큰 이유는 아침 내내 운사유가 보인 근심에 가득 찬 모습 때문이었다.

북건성주회의와 관련이 있을 거라고 대강 예상한 유겸은 유서학당으로 하루 일과를 보러 갔다.

"오늘은 시경에 대해 수업하도록 하겠다."

유서학당 서생 정명제의 가르침은 사서를 넘어 삼경에 이르렀다.

때는 시경(詩經)의 구절을 읽는 시간.

운유겸은 그날 따라 수업에 집중하지 못한 채 홀로 상념에 빠져 있었다. 모처럼 난 기회에 숙면도 취하지 않고 태청신공의 구결에 빠져 하루를 보낸 후유증으로 노곤함이 극에 이른데다 이어지는 근심 때문이었다.

그날도 어김없이 정명제의 물음이 서동들에게 향했고, 기대 대상인 운유겸도 예외는 아니었다.

신중한 눈빛의 정명제는 그날 기습적으로 대단원 복습의 암기, 즉 사서삼경의 기초가 되는 대학을 시작으로 중용, 맹자, 논어의 풀이를 서동들에게 질문했다. 시경의 답변만을 염두해 두고 예습에 밤잠을 설친 서동들은 갑작스러운 기습 질문에 대답하지 못하며 정명제의 호된 꾸중과 체벌을 감당해야만 했다.

그중 유겸만이 예외였는데, 이유인즉슨 대학을 비롯해 공부가 부족하다고 답변을 내놓지 못하던 주경의 풀이까지 한달음에 독해할 수 있었기 때문이었다.

천재적인 질의응답에 정명제의 동공이 커졌다. 점점 그 시간이 흘러갈수록 다른 서동들에 대한 판단 역시 까다로워졌다는 것은 보지 않아도 뻔했다. 그 탓에 서동들은 먹 대신 눈물을 화지에 떨어졌다.

"운유겸!"

모처럼의 휴식 시간. 전각 밖을 내다보며 떨어지는 매화에 시선을 집중하고 있던 운유겸 앞에 서책이 나뒹굴었다. 씩씩거리며 다가온 것은 대전현 이방 원현도(元賢度)의 첫째아들 원숭이었다.

유겸을 제외한다면 이곳 유서학당에서만큼은 가장 부유층에 속했고, 학업도 매번 일등을 놓치지 않아서 대전현 수재라 불렸다. 하지만 유겸이 나타나면서부터 그는 이인자가 되어버렸다.

때문에 시기심과 열등감으로, 항상 서동들의 중심에서 유겸을 비하하는 담화를 주도하는 대장이자 방장이었다.

아무리 정명제의 기준이 까다로워졌다고 한들 하루에 두 시진밖에 취침하지 않으며 글공부에 매진한 까닭에 단 한차례도 허연 종아리를 단상 앞에 내놓지 않았던 원숭이지만 오늘만큼은 예외였다.

사서의 끝 중경 부분 중 실수로 암기하지 못한 부분이 있었고, 그 탓에 유서학당 입당 후 최초로 정명제에게 회초리를 맞았다는 이유가 원숭을 격분케 한 것이다.

유겸이 대전현감의 손자이며 아버지가 잠룡문도라는 이유 때문에 평소 속으로 이만 갈았던 원숭이다. 하지만 오늘만큼은 예외였다.

"내 오늘 네놈을 기필코 혼을 내야 분이 풀리겠다!"

원숭의 손에는 소목도(小木刀)가 쥐어져 있었다. 잘 다듬어진 상태에서 오래전부터 준비해 온 것임을 단번에 눈치챌 수 있었다. 원숭뿐만 아니라 유서학당의 모든 서동들이 원숭 뒤에 서서 각기 다른 장구들을 꼬나들고 뭇매질을 준비하고 있었다.

만족스럽게도 정명제가 자습을 이유로 잠시 출타한 상황. 원숭과 서동들의 얼굴에는 깊은 조소가 배어 있었다.

그때였다.

잠자코 원숭의 말을 경청하고 있던 운유겸이 자리에서 일어나 원숭과 서동 무리 앞으로 발을 굴렸다.

빠직!

원숭은 자신의 눈을 의심했다. 오늘의 뭇매질을 위해 갈고 갈았던 소목도가 단번에 눈앞에서 두 동강이 난 것이다.

"이놈이!"

뜬눈으로 당했기에 원숭은 조금이나마 남아 있던 이성을 완전히 잃었다. 동강난 소목도를 내던지며 수박만 한 손을 유겸의 얼굴로 뻗었다.

무너지는 유겸의 모습을 기대하며 가볍게 조소한 원숭은 이내 손끝이 허전해지며 도리어 자신의 몸이 붕 뜨는 것을 느낄 수 있었다.

"어찌……."

단번에 바닥에 내팽개쳐진 원숭은 폐가 뒤집히는 듯한 느낌에 숨을 거칠게 몰아쉬었다. 믿을 수 없는 빠르기와 힘. 또래 아이들에 비해 성장 속도와 힘이 기대된다는 평가를 들어오던 원숭이 단 한 방에 고꾸라지자 장내는 금세 어수선해질 수밖에 없었다.

원숭은 힘겹게 호흡하며 고개를 들어 정면을 응시했다. 앞에 태산과도 같이 직립한, 어리고 작은 유겸이 더없이 거대하며 장중하게 보였다.

사태를 방관하고만 있던 다른 서동들도 역시 뒷걸음질치며 유겸을 바라보았다.

유겸은 유유히 그들의 모습을 바라보며 살짝 미소 지을 뿐이었다.

＊　　　＊　　　＊

　해운별장은 대전현에서 가장 큰 목공 건물로 그 너비와 길이가 웬만한 성도의 관저보다 크고 웅장하다고 알려진 성내의 자랑이었다.

　도합 네 개의 정문. 가장 큰 입구라 할 수 있는 남문 앞에 세워진 두 마리의 용은 강호인이라면 누구든 알 수 있는 잠룡문의 휘장, 쌍룡이었다. 시골 촌구석인 북건성에 어째서 이런 규모의 건축물이 들어설 수 있나 생각할 수도 있을 것이다.

　해운별장은 북건성 최대 부호인 대전현김 가병집(價倂法)의 은자금과 잠룡문의 지원으로 오래전 건립된 별장이었다.

　잠룡장로들이 잠시 머리를 식히러 하남할 때 들르는 별장의 용도로 쓰이기도 했지만, 해운별장의 주인이라고 한다면 북건성 붕패대였다.

　북건성 관도로 향하는 여정도 마다한 채 유겸 때문에 모인 정명제와 운사유는 이곳에서 찻잔을 기울이며 담소를 나누고 있었다.

　"조금 더 나은 곳에서 유겸이를 지켜보는 것이 어떨까 합니다."

“이해하게 쉽게 이야기해 주셨으면 좋겠습니다.”

주제와 어긋난 잡담으로 일각의 시간을 허비했지만 분위기가 무르익을수록 진지한 이야기가 오가기 시작했다. 정명제는 헛기침을 하고 말을 이었다.

“대전현에서 썩히기에는 그 재목이 너무나도 큽니다.”

“유겸이가 말입니까?”

“……”

정명제는 무언으로 대답을 대신했다. 영특하며 총명하다고 대전현 안에서도 소문이 자자한 유겸이었지만 운사유는 그저 또래에 아이들보다 기민하며 조금 더 앞서간다고만 생각하고 있었다.

하지만 이렇게 정명제가 의미심장한 어투로 이야기를 하니 긴 생각에 잠길 수밖에 없었다.

“사서삼경의 기초와 핵이 되는 대학과 논어를 올바르게 이해하며 완연히 흡수하는 것은 유겸이 또래 서동들에게서 거의 찾아볼 수 없다고 보아도 무방합니다. 사서삼경은 물론이요, 사학과 수학, 병법, 진법 등 홀로 전각에서 공부한 사학의 숫자만 해도 당주인 저도 놀랄 만한 성취를 보여주고 있습니다.”

“……”

정명제의 계속되는 말에 운사유는 대견스럽다는 생각을

했지만 한편으로는 아들을 미리 파악하지 못했다는 사실에
다시 한 번 탄식했다.

정명제의 말은 끝나지 않았다.

"학문에는 끝이 없다고 하나 유겸이는 그렇지 않습니다. 조
금 더 시간이 흐르면 저 역시도 유겸이를 가르칠 역량이 부족
해질 것입니다. 무엇보다도 겸이는 문관의 재목이 아닙니다."

"……."

"유겸이는 충분히 천하제일인(天下第一人)이 될 재목을 타
고난 아이입니다."

입가로 향하던 운사유의 찻잔이 허공에서 맴돈 것은 그때
였다.

천하제일인.

잘못 들었나 싶어 다시금 정명제의 시선을 확인했지만 그
의 표정에서는 진지함이 묻어나고 있었다.

정명제 역시 유겸이 문학보다 무학 쪽에 관심이 있다는 것
을 불과 얼마 전에 눈치챘다. 뛰어난 오성과 어린 나이라고는
믿을 수 없는 속독력이 선천이 아닌 후천의, 즉 노력에 의한
것이 아닐까 생각했기에 그는 유겸의 일거수일투족을 뒤밟았
고…….

서재가 위치한 전각의 뒤에서 유겸이 읽어 내려가는 것은
문과는 관계없는 무학과 사학이었다.

정명제는 그 모습에서 무언가를 강하게 느낄 수 있었다.

바로 무에 대한 굶주림.

정명제의 입이 열렸다.

"분명 하남성, 아니, 주변 오대성(五大城) 어디를 가든 문에 뛰어난 서동을 찾는 것은 쉽습니다. 하지만 거기까지가 전부입니다. 무를 쫓으며 심법과 방파에 대한 유겸이의 관심은 타의 추종을 불허합니다. 수업을 이행하는 중 유겸이가 진정 집중하는 모습은 본 적이 없습니다. 그만큼 겸이의 머릿속은 누구도 예측할 수 없는 무언가로 가득 차 있습니다. 단, 장담할 수 있는 사실은 강호와 관련이 있다는 것입니다."

"……."

"강호의 선배로서, 아비로서 유겸이를 단 한 번이라도 진심으로 돌아봐 주시겠습니까?"

서생 정명제는 진정 유겸을 생각하며 운사유 앞에 고개를 숙였다. 무표정으로 그것을 바라보고만 있던 운사유의 얼굴이 조금씩 떨리기 시작했다.

第三章

호남성으로 가다

곤륜
기신

　닷새라는 시간이 눈 깜짝할 사이에 지나갔다.

　완연했던 봄은 은연중 그 모습을 감추었고, 무더운 더위가 감돌고 있었다. 서서히 여름 냄새가 풍기며 계절이 뒤바뀌는 것을 알리고 있었다.

　강호의 남쪽 북건성은 원래부터 높은 온도와 습도로 유명한 곳이었다.

　하나 유서학당의 모습은 변함없었다. 서동들은 여전히 서책에 시선을 고정한 채 학업에 열중하고 있었고, 정명제는 곧은 섭선을 내저으며 더운 바람을 쫓으려 애썼다.

유겸은 나른한 분위기에 전각 밖을 내다보며 상념에 빠져 있었다.

'곤륜산은 어찌 되었을까?'

무공 정진에 정신이 팔려 정작 모든 일의 이유이며 환생의 목적인 곤륜파에 대해서 잠시 잊고 있었다는 생각을 하니 몰려오는 것은 한숨뿐이었다.

다시 한 번 밟아보길 간절히 염원하는 곤륜산 일대가 눈앞에 아른거렸다.

'하지만 소식을 알 방도가 없으니……'

지금껏 들어온 강호 이야기라 해봤자 보름 전 붕패대주가 안채에 찾아와 운사유와 나눈 짧은 담화를 엿들은 것이 전부였다. 그것마저도 호남과 안휘 일대의 붕패대가 수송을 맡은 이야기와 상인들로부터 들어오는 검증되지 않은 소문들이 전부였기에 곤륜파의 사정을 파악하기에는 무리가 있었다.

다만 확실한 것은 무림맹주의 자리가 바뀌었다는 것과 강호의 패권이 잠룡문을 중심으로 움직이고 있다는 사실이었다.

이미 예상했던 바였다. 잠룡문의 성장은 유겸 역시 오래전부터 주시해 오고 있었던 것이다.

유겸은 몰려오는 나른함에 상념을 중단하며 정면을 바라보았다.

단조로운 분위기. 정명제는 오늘도 어김없이 서책의 특정 부분을 찍어 서동들에게 질문했고, 항상 마지막 차례인 유겸도 정명제의 질문을 받았다.

시경과 주역을 단 한 치의 오차도 없이 청산유수처럼 해석한 유겸의 답변에 정명제는 순간 할 말을 잃었다.

더 이상 유서학당에서 배울 학문이 없음을 증명하기라도 하듯 빠르게 이어진 답변에 모든 서동들이 시선을 빼앗겼다.

정명제뿐만 아니라 서동들이 바라보는 눈길도 이제는 시기심보다 부러움이었고, 그보다는 두려움이 앞섰다.

닷새 전 이성을 잃은 학우들의 뭇매질 시도에 손수 쓴맛을 제공했더니 유겸을 대놓고 비하하던 행태는 자연스럽게 사라졌고 시종일관 유겸의 눈치만을 볼 뿐이었다.

비록 유겸이 유동의 모습을 하고 있을지라도 온 강호의 무공 절학이 잠재되어 있었다.

당장 무리한다면 장정 세 명은 상대할 수 있을 법한 힘이 유겸에게 갈무리되어 있다고 할 수 있었으니 다른 서동들의 도발이 얼마나 우습게 여겨졌을지는 안 봐도 뻔했다.

처음엔 재주를 숨겼지만, 원숭의 도발로 인해 이미 학당의 모든 서동들에게 뜨거운 맛을 보여주었기에, 더 이상 유서학당 안에서만큼은 재주를 숨길 필요가 없다는 말.

항상 유겸을 비하하던 방장 원숭은 무슨 연유에선지 학당

을 그만두었고, 다른 서동들 역시 유겸을 어리다고 깔보지 않
았다.

　'대전현의 운유겸으로 남아 있는다면 더 이상의 성장은 힘
들다고 봐도 무방한 걸까?'

　길었던 유서학당에서의 하루 일과를 마치고 집으로 돌아
오는 길.

　오늘도 어김없이 자신을 기다리고 있을 거라 생각했던 가
윤과 운사유의 모습은 온데간데없었고 대신해서 마중 나온
표주무사들의 등을 쫓으며 유겸은 생각했다.

　'오늘이 무슨 날인 걸까? 관저에 출타한다는 말은 없었는
데…….'

　아침 일찍 북건성 관저로 출타를 하거나 특별한 사정이 없
다면 무슨 일이 있어도 유겸을 마중 나오던 가윤과 운사유이
다.

　열흘 사이에 이런 식으로 예고없이 가윤과 운사유가 자리
를 비운 적은 없기에 유겸은 의아해할 수밖에 없었다.

　"어찌 되었든 오늘 밤은 마음놓고 수련을 할 수 있겠군."

　그렇게 잠시 후 도착한 집.

　운유겸은 놀랄 수밖에 없었다.

　운사유의 집은 북적이고 있었다. 어디 먼 곳으로 갈 행낭을

꾸리기라도 하듯이 마당에 선 화차들의 숫자만 넉 대가 넘어 갔다.

무기고와 병장기를 관리하던 쟁자수들과 허드렛일을 하던 여급들 모두가 앞 다투어 짐을 옮기고 있었다.

궁금한 표정으로 안채에 오르자 반가운 모습의 가윤을 마주할 수 있었다.

소풍이라도 떠나는 젊은 아녀자처럼 발그스름하게 물든 얼굴은 분명 무슨 소식이 있다고 이야기해 주는 것만 같았다.

"사랑방에 올라가 보렴. 아버지께서 기다리고 계신다."

"네, 어머니."

무슨 일일까? 단 한차례도 운사유와 일대일로 대면한 적이 없다는 것을 상기한 유겸은 익숙하지 않은 느낌에 몸을 한치 례 떨었다.

안채에 올라 등장을 알리듯 발을 한 번 구른 유겸은 운사유가 머무는 사랑방으로 발걸음을 옮겼다. 익숙한 운사유의 모습이 보였다.

"앉거라."

"……"

"이제 우리는 호남성으로 간다."

사뭇 무거운 분위기. 강한 향의 죽엽청이 담긴 주병과 소반, 그리고 헝클어진 옷매무새.

이러한 결정을 하기까지 얼마만큼의 고뇌가 있었는지 운사유는 그대로 보여주고 있었다.

갑작스러운 그의 말. 유겸은 고개를 들어 운사유와 시선을 마주보았다.

"네 아비가 잠룡문도가 된 지도 어언 이십 년이구나. 불혹에 가까운 나이에 삼류무사라는 꼬리표로 살아온 지가 어느덧 오랜 시간이 흘렀구나……. 멋진 잠룡문도가 되겠다는 본래의 목적을 망각한 채 이곳 대전현에서의 생활에 만족한 지가 꽤나 오래된 듯싶구나."

"……."

"약자로 산다는 것은 언제나 어려운 법이다, 겸아. 꿈을 쫓기 위해 사는 것이 아닌 살기 위해 꿈을 정하는 사람이 아비였다."

일곱 살배기 유겸에게 이런 이야기를 하는 것이 우습고 어색한 모양인지 얼굴을 한차례 쓰다듬는 운사유.

그는 쓴웃음을 지을 뿐이었다.

유겸은 단번에 알 수 있었다.

아무에게도 이야기하지 못하며 홀로 어렵게 살아온 운사유.

하지만 솔직히 말했다는 그 하나만으로도 그를 삼류무사로 저평가하던 유겸의 생각은 조금 바뀔 수 있었다.

사내란 본래 추진성과 야망을 가지고 있다. 과거 곤륜파 장문인으로 천하를 호령했을 당시의 자신도 그랬다. 그것은 온 강호의 사내들에게 공통되는 마음가짐일 것이다.

이어지는 목마름에 찬물로 목을 축인 운사유는 계속해서 말을 이었다.

"지난 세월을 돌아보면 후회되는 날이 절반이다. 아니, 그 이상이라고도 말할 수 있다. 하지만 남은 세월만큼은 후회하며 부끄럽게 살고 싶지 않다. 그렇기에 아비는 호남성으로 간다."

며칠 전 유겸의 조부인 대전현감으로부터 운사유가 호남성으로 적을 옮긴다는 소식을 접한 적이 있다. 유겸은 납득한 표정으로 고개를 끄덕였다.

호남성으로 가게 되면 운사유뿐만 아니라 자신에게도 이득이 될 것이 분명했다. 강호로 출도하기까지의 시간을 보다 더 단축할 수 있을 것이다.

유겸은 짧게 미소 지으며 후일을 생각했다.

차 한 잔 마시는 시간이 흘렀을까? 가만히 닫혀 있던 운사유의 입술이 다시금 달싹였다.

"잠룡문도가 되어라. 아비가 못 이룬 최고의 잠룡문도 말이다."

*　　　*　　　*

호남성 장사현(長沙縣).

호남성의 성도이며 문화적, 상업적 요충지로 강호에선 열 손가락 안에 드는 대도시였다. 비교적 따뜻한 기후와 높은 강수량으로 중원 최대의 곡창지대로 평가되는 곳이기도 했다.

그런 이유로 수많은 방파의 세력 다툼이 가장 화제가 되는 곳이었다. 구파와 오대세가를 비롯해 수많은 문파가 호남성의 패권을 쥐기 위해 제법 큰 싸움을 벌이기도 했다.

그러나 어떤 문파의 소유로도 돌아가지 않은 영지(靈地)라 불리는 곳이 바로 호남성이었다.

중원에서 유일하게 수백 년간 주인없는 땅으로 존재하던 호남성의 역사도 강호의 패권을 점령한 한 문파의 등장으로 사라지게 되었는데, 그 주인공이 바로 잠룡문이었다.

호남대전(湖南大戰).

자칫 무림맹의 붕괴를 불러올 수 있었던 호남성을 향한 정사마의 다툼으로 일게 된 사건.

당시 무림맹주로 어떠한 다툼과 오해도 현경의 혜안으로 판단하여 강호의 질서를 유지했다는 곤륜문주 심명 선인조차도 해결하지 못했던 호남대전. 그것을 뛰어난 전법과 병법, 그리고 단판 승부로 해결한 것으로 유명한 집단이 바로 잠룡문주 직속 부대 각원단이었다.

지금은 호남성 지부대의 위치로 주변 이권 다툼과 타 방파 간의 상도 체계를 유지하는 잠룡문 최대 기관 중 하나였고, 수많은 잠룡문도들이 각원단원이 되기 위해 불철주야 검을 수련한다고도 알려진 곳이었다.

단원의 증강 및 제명 여부는 일 년에 단 한 번. 관례에 따라 이루어지는 것이 보통인데 그날은 특별히 예외였다.

북건성 붕패대 부대주. 잠룡문도 운사유가 잠룡장로 및 북건성주의 추천 아래 그 이름도 유명한 각원단에 발을 들여놓은 것이다.

"…잠룡문의 심법 속성은 타 문파의 심법과는 차원을 달리한다. 운공조식을 통해 자연 그대로의 내력을 읽고 혈도를 완연히 익히는 데 일단공, 공력의 일문이 되는 단전혈을 지나 소주천의 회문(回門)이 되는 회음혈에 이르는 데 이단공, 천추혈을 개방하고 척추 내 일곱 근에 해당하는 혈도를 장악하는 삼단공에 성공하게 되면 잠룡심법은 이미 대성했다고 보아도 무방하다."

각원단의 임관 수속을 마치고 돌아온 운사유에게 이틀간 여독을 풀 시간이 주어졌다. 긴 여정을 끝으로 호남성 장사현에 발을 들여놓았기에 당연히 노곤함이 하늘을 찌를 정도였지만 운사유의 표정은 밝았다.

유겸의 무공 성취가 훌륭했기 때문이다.

운사유는 장인인 대전현감 가병겁으로부터 받은 은자금과 십 년동안 모아온 사비를 털어 장사현 안에서도 가장 큰 안채와 장원이 있는 집을 장만할 수 있었다.

그런 그에게 생긴 습관이 있었다.

바로 그 장원에서 유겸을 수련 시키는 일이었다.

"자, 자세를 바로하고 구결을 외워보거라. 편히 운공조식을 시작한다."

정명제로부터 유겸의 가능성을 시사받고 짧은 시간 지켜보는 와중 운사유 역시 유겸의 뛰어난 오성과 재량을 발견할 수 있었다.

무인으로서 물려줄 특출 난 절기, 또는 선배의 입장으로 전수할 만한 특유의 속성 공법은 없었다. 하지만 그 어떤 무공도 절학의 경지로 이끈다는 수라사룡심법의 진초는 그 누구보다도 잘 이해하며 갈고닦았다고 자부하고 있었다. 그렇기에 북건성을 떠나 호남성으로 적을 옮기는 와중, 유겸에게 하나둘씩 모든 것을 전수했다.

그렇게 한 달. 운사유는 유겸의 놀랄 만한 성장에 전율을 느꼈다.

"말도 안 되는……."

자신의 십 년 세월을 바쳐 습득한 수라사룡심법의 삼단공을 유겸은 단 보름만에 이루었다. 자연의 기를 그대로 읽고 받아들여 온몸으로 운기할 수 있는 대주천의 경지, 수라사룡 심법 사단공의 경지를 유겸이 단 한 달만에 허문 것이다.

절로 후일이 기대되는 광경에 운사유는 순간 말을 잃을 뿐이다. 총 여덟 단공으로 나뉘는 심법의 사단공을 허물게 된다면, 그 뒤로는 청산유수와 같은 성장을 보일 것이다.

운사유가 잠룡문의 초식을 연마하지 못하고 고작 팔방풍우나 육합권 따위의 하위 무공에 만족하는 이유는 당연 방파초식을 연마할 재량이 부족했던 까닭이다.

내공심법을 터득했어도 삼류무사로 남은 것은 워낙 둔재였다는 이유도 한몫했지만 내력을 원만하게 집배하여 무공을 펼칠 수 있는 경지에 도달하지 못했기 때문이다.

그런 자신의 꿈을 유겸이 대신 이룩할 것이라 생각하니 운사유는 자연스럽게 몸이 떨려왔다.

만족스러운 표정의 운사유와 눈빛을 교환하며 유겸은 씨익 미소를 지었다. 하지만 유겸의 표정은 금세 무표정으로 바뀌었다.

'잠룡문…….'

유겸은 치를 떨었다. 아무리 천하의 모든 지식과 무공 절기를 머릿속에 담아두는 입장이었기는 하나 어떤 방파의 심법이 이렇게 빠른 속성을 보일 거라고는 단 한차례도 생각하지 못했다.

곤륜파의 기본 심법 중 하나인 태청신공의 끝이라 할 수 있는 육단공도 웬만한 천재가 아닌 이상, 장로와 선배 도사의 도움 없이는 꿈도 꿀 수 없는 법이었다.

타 문파와는 달리 육단공의 모든 깨달음을 얻어야 곤륜 절기의 초식을 담금질할 수 있는 곤륜파의 심법과는 다르게, 잠룡문의 수라사룡심법은 사단공의 경지밖에 오르지 않았음에도 혈도로 밀려들어 오는 내공의 양이 엄청났다.

사단공이라면 아직 낮은 경지임이 분명했지만 그 어떤 초식도 선보일 수 있을 만큼의 내력은 끌어올릴 수 있었다.

"이 정도라면 시간을 단축할 수 있을 것이 분명하지만…… 어째서… 이것이 가능하단 말인가."

빠른 속성을 자랑한다고 알려진 심법은 예로부터 사파의 것이었다. 음기와 탁기를 걸러내지도 않은 채 무작정 단전으로 받아들이는 무식한 방법을 자랑하는 사파의 심법은 분명 단시간 내 일류의 경지로 끌어올려 주지만 거기까지가 한계였다.

마구잡이로 내력을 갈무리했기에 음기와 탁기의 불순도가 정파를 초월한다. 그 상태로 멋모르고 절정의 벽을 허물기 위해 시도한다면 한순간에 광인, 즉 주화입마에 빠진다는 것이

널리 알려진 사실이었다.

　문파를 이끌며 질서와 법도를 관장하는 장로들의 무위만으로도 강호의 꼭대기에 오른 잠룡문.

　그 모든 비밀이 이 수라사룡심법에 존재하고 있다고 유겸은 장담할 수 있었다.

　그는 생각을 갈무리하며 혼잣말을 내뱉었다.

　'조금 더 시간을 두고 알아봐야겠군.'

　그렇게 사흘 뒤 각원단으로 적을 옮긴 운사유에게 하나둘씩 임무가 부여되고 일주일이 지난 이후에는 호남성 상단에서 벌어지는 상도 싸움에 본격적으로 투입되었다. 결국 집에서 운사유의 모습을 쉽사리 찾아볼 수 없었다.

　한 달이 흐르고, 어느덧 수라사룡심법의 오단공에 이르는 내공을 갈무리하게 된 운유겸에게 오랜만에 운사유가 찾아왔다.

　뒤떨어지는 무공 수위 탓에 후배 문도들에게까지 무시당하며 이번 상도 싸움에서 후미만 지킨 운사유는 당연 남아로서의 자존심과 무인으로서의 명예에 큰 상처를 입었다.

　그럼에도 불구하고 미소를 지을 수 있는 이유는 유겸 때문이었다.

　"잠룡제자 무관 시험이 석 달 뒤 낙양에서 열린다는구나."

한 달 사이 부쩍 성장한 모습. 운사유는 고개를 끄덕이며 만족스러운 미소를 나타내었다.

"무관 시험이라……."

운유겸은 운사유가 전하는 소식에 주먹을 쥐며 상념에 잠겼다.

내공을 단전에 원활히 집배하여 주천을 이룩하는 순서가 태청신공과 별반 다를 것이 없었기 때문에 공력을 끌어올리는 데 전혀 문제가 없었다. 그래서 유겸은 한 달 동안 수라사룡심법을 이용한 곤륜검법 태허도룡검의 초식 쌓기에 모든 것을 쏟아부을 수 있었다.

덕분에 불완전한 태청신공으로는 꿈도 꿀 수 없었던 태허도룡검 삼초식 용곤검(龍滾劍)과 태원결(殆元抉)이 순식간에 발현될 정도의 실력을 갖추게 되었고, 조금만 더 담금질한다면 이류무사 다섯은 능히 상대할 무공을 갖출 수 있다고 유겸은 장담했다.

"능히 잘해낼 것이라 믿지만, 쉽지 않은 시험일 것이니 각오 단단히 하거라."

"예, 아버님."

"하남장로 율거 도인의 직계제자와 안휘장로 양화환검의 첫째도 이번 무관 시험 절차를 밟는다 하니 정말 많은 공부가 될 것이다. 운이 좋아 예선을 넘어 십대검수 끝자락에라도 이름을 올리게 된다면 본산 당주들의 제자로 지명을 받을 수 있으니 수련에 박차를 가하거라.”

“…….”

내심 똑 부러지는 유겸의 성격과 하루하루 일취월장하는 실력에 기대를 걸어보는 운사유였지만 실속은 그렇지 못했다.

유아 시절부터 각종 영약과 선배 고수들의 벌모세수로 앞날이 기대되는 후기지수의 첫 번째 자리를 벌써부터 예약했다는 존재.

잠룡문의 십존 상석에 이름을 올린 하남장로 율거 도인의 직계제자 냉유성.

그리고 잠룡문 최고의 쾌검과 투박한 강검 시전을 자랑하여 안휘성 일대에는 적이 없다는 안휘장로 양화환검의 첫째 백천후를 비롯해 이름만 들어도 자빠진다는 잠룡문 고위 고수들의 제자들이 이번 낙양 시험에 참가한다는 것이다.

운이 좋아 예선을 통과한다고 하여도 본선전에 들어서는 것은 당장은 불가능하다 생각됐고, 벌어진다면 그야말로 기적이었다.

더군다나 유겸의 나이는 올해 여덟. 당장 하남장로의 직계제자인 냉유성의 나이만 하더라도 열두 살이었기에 가능성은 조금 더 떨어진다.

운사유는 그저 당찬 모습의 유겸을 바라보며 미소 짓는 것뿐, 그것이 아비인 그가 할 수 있는 최선이자 최대의 방법이었다.

호남성 장사현의 둔재라는 말이 있었다.

각원단원 운사유의 맏아들 운유겸을 지칭하여 모든 장사학당 서동들이 부르는 말이었다.

호남성 장사학당.

그 크기와 규모는 이루 말할 수 없을 정도로 방대하며 으리으리했다. 무엇보다도 이 장사학당이 유명해진 이유는 무림 제일의 천재들이 이곳 장사학당 출신이라는 말이 있을 정도로 그 출신 빈도가 매우 높았기 때문이다. 호남성주와 그 유명한 잠룡문도 각원단주 역시 이곳 장사학당 출신이었기에 평소에도 그 지원이 아낌없이 부여되는 곳이기도 했다.

"멍청이."

"둔재새끼."

"북건성 제일의 천재라는 녀석은 어디에 있나? 아하하하하!"

서동 무리의 가운데에 놓여 놀림의 대상이 되는 사람은 다름 아닌 유겸이었다. 지나친 도발과 자존심을 깎아내리는 말이 불쾌할 법도 하지만 유겸은 냉담히 상황을 무시하며 눈을 감아 보일 뿐이었다.

사실 장사학당에서 유겸의 성적은 단연 으뜸이었다. 그런데 학당에 입학하고 얼마 지나지 않아 갑작스럽게 떨어진 성적에 주변은 당연히 의아해할 수밖에 없었다.

하지만 원만한 호남성에서의 생활을 기약하려면 둔재로 위장하는 것이 정답이었다.

대전현 안에서 재량을 십분 발휘할 수 있게끔 방패막이 되어주었던 운사유조차도 호남성에서만큼은 기대하기 힘들었다.

유겸과 함께 수학하는 각원단주의 맏아들 문준오의 질투심으로 인해 운사유는 각원단주 문사평의 압력을 받고 있었던 것이다.

누구보다도 운사유의 고통을 피부로 느낄 수 있는 것이 유겸이었고, 코앞으로 다가온 낙양에서의 무관 시험을 위한다면 지금부터 많은 적을 만들 필요가 없었다.

그렇기에 둔재 흉내를 내는 것이었고, 대의를 위한 것이기에 결코 어렵지 않았다. 단지 장사학당에서의 시간이 귀찮아진 것 빼곤 말이다.

폐관 수련의 질을 향상시키기 위해 외부의 소음과 실낱같은 마찰조차도 사전 단절시킬 수 있는 곤륜해법 상단겹공을

시전하고, 스스로에게 점혈까지 한 유겸은 다음 수업 시간이
될 때까지 기다릴 뿐이었다.

온갖 비방과 비난을 쏟아부어도 귀머거리처럼 꼼짝도 하
지 않는 유겸을 보며 싫증을 느낀 서동들은 장사학당의 당주
거엽서생이 사학을 가르치기 위해 출두한 것과 동시에 조용
해졌다.

"오늘도 역시 도가 문파에 대해서 이야기를 나누어보도록
하겠다."

장사학당에서 유겸이 유일하게 즐기는 시간이 바로 거엽
서생이 가르치는 사학 수업이었다. 지극히 주관적인 견해로
사학을 가르치는 다른 서생들에 비해 역사에서 비롯된 사실
과 이론으로써 설명하는 객관적인 풀이 방식으로 인해, 그는
장사학당에서 유일하게 유겸이 인정하는 서생이었다.

도가 문파와 오대강파.

거엽서생이 근 일주일의 시간을 방대한 내용과 특유의 화
법으로 재치있게 재구성한 주제였다.

유겸 역시 나무랄 것이 없는 그의 지식에 나름대로 이번 시
간을 즐기고 있었고, 중반쯤 흘렀을 때 새로운 이야기가 시작
되었다.

"……여기까지가 소림사의 행적이라 할 수 있다. 흥미로운
사실은 소림사를 제외한다면 오대강파의 모든 문파가 도가

계열에 속해 있다는 것이다. 이번 시간은 오대강파 마지막에 속하는 도가 계열 문파에 대해 이야기하려 한다."

유겸은 두 손을 불끈 쥐었다. 곤륜파의 모든 일절을 기억하며 직접 역사를 체험했지만, 자신이 인정하는 사학가를 통해 그 내용을 다시금 듣고 확인할 수 있다는 것에 대한 흥분감은 이루 말할 수 없었다.

잠룡문이 그 첫 번째 이야기였다는 것에 씁쓸한 감정이 앞섰지만 이번엔 곤륜파를 소개할 거라는 기대에 유겸은 온 정신을 집중할 뿐이었다.

"오대강파의 마지막은 아미파로……."

우당탕—

조용하던 장내에 탁상이 반 토막이 나 뒹굴었다. 기업시생이 소란의 시초가 되는 곳을 바라보자, 매 수업 그저 조용히 수업을 방관하기만 하던 어린 서동, 유겸이 있었다.

유겸은 자신의 귀를 의심했다.

있을 수 없는 일. 곤륜산은 천재지변이 일어난다 할지라도 비껴갈 수 있는 성지였다. 영원한 오대강파로서 남을 것이 분명하거늘! 유겸은 거엽서생을 바라보며 크게 외칠 뿐이었다.

"곤, 곤륜파가 아닙니까? 곤륜파이어야 하지 않습니까, 당주님?"

　　　　＊　　　＊　　　＊

한편 낙양, 기회루.

낙양 구경을 해본 사람이라면 하남성 낙양에 위치한 기회루를 들어보지 못한 사람이 없을 것이라 장담한다.

무려 일곱 층으로 나누어진 이 첨탑형 건물은 수많은 강호 고수들이 들러 담소를 나누는 곳으로도 유명했고, 낙양관주 을지방이 열흘 중 오 일은 꼭 머물러 차를 즐긴다는 곳으로 더욱 유명한 곳이었다.

하루에도 수백 명의 사람이 북적대며 오갈 틈이 없다는 기회루가 오랜만에 한적한 분위기로 변했다. 그것을 증명하듯 장내에는 오직 두 명의 낮은 숨소리만 존재할 뿐 너무나도 조용했다.

강호를 좌지우지하는 잠룡문. 수백, 수천여 개의 기관으로 나누어진 잠룡문 역시 최고 수뇌들의 직접적인 관리 아래 성장과 촉진이 가려지는 것이었다. 그리고 그 중심에 있는 열 명의 초고수를 지칭해 강호인들은 십존이라 칭했다.

낙양관주 을지방은 거듭 풍겨 나오는 상대의 절도와 패기에 숨이 막힐 지경이었다.

탁―

찻잔을 내려놓은 양화환검은 지그시 눈을 감았다.

"낙양의 아화차(娥花茶)는 역시나 타의 추종을 불허하는군요."

"과찬이십니다."

잠룡장로 십존, 그것도 다섯 손가락 안에 자리하는 안휘장로 양화환검은 차의 향을 평하며 을지방을 바라보았다.

소문으로만 들어왔던 안휘장로 양화환검이 자신을 직접 찾아왔다는 말을 듣고 을지방은 재빨리 기회루로 발걸음했다. 그리고 곧바로 기회루주에게 기별을 넣어 안휘성의 거목이 출두했다는 이유로 모든 자리를 독점했다.

그후 양화환검을 만난 을지방은 무슨 연유로 그가 낙양까지 출두한 것인지 이유를 가늠하기 위해 모든 가능성을 동원했지만 정확한 이유를 찾지 못하고 있었다.

"단도직입적으로 말하겠소."

"무엇을……?"

"이번 무관 시험에서의 대진을 신경 써주긴 바라오."

"……."

잠룡문도의 후기지수들을 결정할 중요한 무관 시험인 낙양 대전의 대진표는 보통 무관 시험의 장소를 담당하는 해당 관저의 성주가 관리한다.

일 년에 한차례씩 벌어지는 이번 대전에서도 역시 그 관례는 적용되었고, 낙양관주 을지방의 관리 아래 무작위로 무관 시험의 대진이 결정되는 것이다.

"무슨 말씀인지?"

후일 대잠룡문의 후기지수를 꿈꾸는 수백, 수천의 서동들이 참전할 것이라 알려진 무관 시험의 대진을 신경 써달라는 말을 을지방은 당최 해석할 수 없었다.

양화환검은 곰 같은 손바닥으로 머리를 쓸어넘기며 말을 이었다.

"이번 대전에서 내 아들 백천후와 호각을 다툴 것이라 예상되는 상대는 오직 율거 도인의 직계제자 냉유성뿐이오. 이번 무관 시험은 차기 천하제일인을 정하는 것과 같은 중요한 일전이오. 그깟 대진 때문에 중요한 비무가 결승에 이르기 전에 행해질 가능성을 전혀 배제할 수 없소. 운이 안 따라서 백천후와 냉유성이 결전에서 만나지 못하고 본선 중반에서 합을 겨룬다면 그보다 안타까운 상황이 어디 있겠소?"

"그건……."

대회가 본격적으로 열리기 이전부터 강호 최대의 관심사가 된 낙양 제자 무관 시험. 모두가 주목하는 후기지수 후보들이라고 한다면 역시나 냉유성과 백천후였다.

같은 맥락으로, 작년 무관 시험 때만 해도 대진의 쌍두마차라고 일컫는 두 명의 후보가 예선에서 만나 승부가 갈림으로써 대회의 김을 뺐다는 일화가 존재했다. 그렇기에 을지방 역시 백천후와 냉유성이 결전 전에 만난다는 것은 별로 달갑지 않았다.

하지만 도의를 망각한 채 대진에 손을 댄다는 것은 말이 되지 않았다. 후에 적발된다면 제아무리 하남장로의 지명을 받아 낙양관주로 수년간 낙양 발전에 힘을 써온 을지방일지라도 엄벌에 처해질 수 있는 죄목이었다.

무관 시험이 끝난 후, 내각에서 직접적인 제반 사항을 파악하러 사람을 파견할 가능성은 물론 없었다. 하지만 후일을 위해 양화환검과의 대화는 본산에서 호출이 온다면 필히 고해야 할 사항이라고 을지방이 생각을 마무리할 찰나였다.

"이제 한 달하고도 보름밖에 남지 않았소. 내 후일 섭섭지 않은 대가를 치르리다."

"……?"

양화환검은 거침없이 말했다.

"하남성주."

을지방의 두 동공이 확대되는 순간이었다.

第四章
잠룡제자 무관 시험, 그리고 잠룡문

곤룡
기신

커다란 장원.

유겸이 개방된 곳에서 자유로이 수련할 수 있는 유일한 장소였다.

수라사룡심법의 무위는 어느덧 오단공을 넘어 육단공에 들어섰다. 유겸의 기합과 함께 시퍼런 뇌전이 작은 손에 감긴 채 사방으로 시전되었다.

잠룡장법 와산신공 삼초식의 일절이 되는 육뇌결(戮雷抉)이었다.

시전 후, 장원 초입의 팔각대에 다가가 잘 다듬어진 소목도를 능숙한 손놀림으로 붙잡은 유겸은 냅다 기합을 질렀다.

"섬!"

잠룡도법 어수염법의 삼초식인 열천결(劣薦抉)을 시작으로, 재빨리 능파미보를 밟아 다수의 적을 섬멸시킬 수 있다는 잠룡절학 오엽수공(俉獵收攻)까지 전개되는 무위가 과연 어린 아이의 손끝에서 일어나는가 의구심이 들 정도였다.

단순히 보이는 무위만으로는 일류무사도 가볍게 제압할 수 있을 듯했다.

전혀 지친 모습을 내보이지 않고 이어지는 경신법과 수법에 눈이 따라가지 못할 정도의 빠르기를 자랑했다.

하지만 유겸의 눈동자는 전혀 풀리지 않고 오직 손끝만을 바라볼 뿐이었다.

"오래되지 않은 일이다. 곤륜파는 잠룡문도 태신청검의 결단 아래 멸문에 가까운 타격을 입고 무림맹을 피해 청해성 곳곳으로 흩어졌다."

유겸은 혼란스러운 마음을 다잡으며 다시금 소목도에 모든 것을 집중했다.

계속되는 거친 무공을 견딜 만한 체격 조건이 아니었지만, 머릿속을 잠식해 가는 거엽서생의 마지막 말이 유겸의 지친 몸에 채찍질을 하고 있었다.

"당시 곤륜산 사절단으로 출두한 귀영문주 등천풍검과 삼십여 명의 사절을 무차별하게 도륙하고 목숨을 갈취한 곤륜장로 오율 진인은 무림공적으로 몰려 쫓기는 상태다. 동시에 호각의 싸움을 뒤에서 급습하여 이 같은 사실을 은폐하려 든 초혼당주 웅사남, 그리고 본산 도가검수와 일백 제자와 함께 무림맹에 등을 돌린 곤륜장로 염명 도인 역시 무림공적으로 몰린 채 쫓기는 중이다."

획—
유겸의 거친 몸동작이 조금 더 가벼워지며 초식의 끝을 알렸다.

땀이 비 오듯이 흘렀으며 입 안에서는 여지없이 단내가 났다. 들고 있던 소목도를 투박하게 바닥에 내팽개친 유겸은 하늘을 바라보며 일갈했다.

"잠룡문!"
강호의 모든 일이 그저 일문(一門)에 의해 조종된다는 것을 유겸은 도저히 이해할 수 없었다.

중원의 한 역사를 그었던 오대강파의 한 축을 아무런 소란 없이 양단할 수 있는 힘. 그 미개적인 힘의 출처에 대한 추측이 유겸의 머릿속에서 엉키며 수많은 영상을 만들어내었다.

“결국 직접 부딪쳐 보는 방법밖에는 없다. 그러기 위해서
는…….”

뛰어난 오성과 과거로부터 전해진 혜안으로도 파악할 수
없는 지금의 상황. 유겸은 모든 생각을 하나로 압축하며 이를
갈았다.

“낙양 무관 시험에서의 우승…….”

훤칠한 역용마 두 필이 끄는 마차가 성문을 잇는 관로에 들
어섰다. 노곤한 몸을 풀며 바깥을 내다본 운사유는 유겸을 바
라보며 말을 이었다.

“이제 곧 낙양이다.”

“…….”

“준비되었느냐.”

“예, 아버님.”

모든 준비가 끝나고 낙양으로 떠난 지 어언 한 달 반이라는
시간이 흘렀다. 매우 지루한 시간이라고 느껴질 법하건만, 유
겸에게 있어서는 너무나도 짧은 시간이었다.

“잠시 검문이 있겠습니다.”

수많은 황조가 도읍을 정했던 낙양. 유겸과 운사유는 그 역
사를 한눈에 보여주는 출입문, 낙양성문에 도착했다. 바짝 긴
장한 문지기들은 멀리서부터 부동자세를 취했다. 곧이어 벌

어질 중요한 행사에 따른 반응이리라.

　잠시 후 운사유와 유겸이 탑승한 마차의 순서가 되었다.

　"명패를 볼 수 있을는지요?"

　문지기의 말에 운사유는 품 안에서 명패를 꺼내 보였다.

　잠룡문도 각원단원을 증명하는 표식의 명패가 눈앞에 보이자 문지기는 곧바로 자세를 바로하며 길을 열었다.

　병장기를 꼬나 쥔 병사들의 분주한 모습을 지나 유겸을 태운 마차는 낙양에 들어설 수 있었다.

　"이게 얼마만인가."

　십 년 안팎의 짧은 세월이었지만 낙양은 변화에 변화를 거듭 이룬 모습이었다.

　늘어난 상권과 대로의 치안은, 병풍처럼 주변을 에워싸고 순찰하는 관할 병사들과 구역을 나누어 상가를 지키는 표주무사들에게서 새롭게 확인할 수 있었다.

　수많은 문파처럼 전성기 때의 곤륜파 역시 청해성 본산에서의 기반을 확립하여 하남성 낙양에 분파를 세우겠다는 야망을 가졌었다. 하지만 문파들의 세력 싸움과 무림맹의 거듭되는 간섭으로 그 꿈을 내려놓은 적이 많았다.

　그때의 아픈 기억이 생각나자 유겸은 자신도 모르게 한숨을 내쉬었다.

　'잠룡문의 낙양이라…….'

낙양은 물론이요, 하남성을 비롯한 주변 다섯 개 성의 상권을 잡고 있다고 해도 과언이 아닌 잠룡문. 거침없이 불어나는 그 규모에 나라에서도 서서히 압력을 넣을 만도 하지만, 일성(一城)의 조공만으로도 황제의 입이 떡 벌어지니 모든 설명이 가능했다.

"겸아, 저곳을 보거라."

과거에 대한 상념에 잠기며 특유의 색을 자랑하는 낙양성의 모습에 취해 있던 유겸의 귀에 운사유의 목소리가 흘러들었다.

고개를 돌려 운사유의 손끝이 가리키는 방향을 바라보자 말을 탄 일단의 행렬이 보였다.

그들은 모든 사람의 주목을 끌기에 충분했다.

"안휘장로 양화환검과 그를 따르는 잠룡문 나포삼검대(拏捕森劍隊)다. 잠룡문도 중에서도 가장 빠른 쾌검과 묵직한 강검을 자유자재로 사용한다는 일류검대이지. 단순히 전력만을 놓고 본다면 문주님의 직속 하위 부대인 청랑검전(淸浪劍殿)보다도 한 수 위라고도 볼 수 있다. 대신 기교가 부족하다는 점이 나포삼검대의 옥의 티지."

전원 가볍게 육 척이 넘어가는 키와 균형 잡힌 탄탄한 몸, 그리고 돌출된 태양혈을 가지고 있었다. 등 뒤로 교차한 두 자루의 협봉검(狹鋒劍)과 유엽도(柳葉刀)는 엄청난 속도와 힘으로 상대를 찍어 누른다는 나포삼검대의 자랑이었다.

유겸 역시 오래전부터 나포삼검대의 소문을 들어왔기 때문에 가까이에서 보는 그들의 모습이 조금은 색달랐다.

하지만 처음부터 유겸의 시선은 한곳에 고정되어 있었다. 그것을 확인한 운사유는 말을 이었다.

"양화환검의 맏아들 백천후다. 하남장로 율거 도인의 직계 제자인 냉유성과 함께 이번 무관 시험의 쌍두마차로 평가되는 잠룡문 예비 제자이지. 소문으는 백천후가 일류무사와 능히 상대할 수 있는 무위를 가지고 있다고 하더구나. 저 나이에 대단한 선물을 신으로부터 부여받은 것이지."

유겸은 운사유의 설명을 들으며 거듭 시선을 백천후에게 고정시켰다.

열한 살에서 열세 살 정도의 나이로 보이는 백천후. 앳되어 보였지만 나이에 비해 큰 키와 패도있는 모습이 벌써부터 강렬한 무인의 인상을 풍기고 있었다.

사람들의 관심을 한 몸에 받으며 걸음을 옮기는 백천후의 모습에 유겸은 혼자만의 상념에 잠겼다.

'나이에 비해 대성한 것은 분명 사실이지만 백천후는 아니다.'

단순히 운사유에게 들은 사실만으로도 시험이 치러질 무대 위에서의 백천후의 모습이 쉽게 그려졌다. 석 달의 시간을 심도있는 수련으로 보낸 유겸이 어렵게 성취한 심법의 무위만 하더라도 칠단공에 머물러 있었다.

과거에 거쳤던 경지를 하나둘씩 밟아가는 현재의 성장 과정을 대입한다면, 백천후의 실력은 유겸보다 아래에 있었다.

동시에 대주천에 이르기까지의 시간이 매우 짧게 단축된 것을 볼 때, 자신은 오래지 않아 잠룡심법의 일초인 수라사룡심법의 모든 단공을 습득하는 경지에 오를 거라 장담하는 유겸이었다.

초식 전개의 단계와 경험에서 묻어 나오는 기교, 정순함. 이미 유겸의 무위는 절정을 넘었다고 하여도 과언이 아니었다.

"떨리느냐?"

홀로 긴 상념에 잠겨 있는 유겸의 모습을 바라보며 운사유는 인자한 표정으로 말했다.

"예."

짧게 이어진 유겸의 대답에는 오히려 절도와 자신감이 묻어나는 것 같았다.

운사유는 무섭게 성장한 유겸의 모습을 바라보며 그저 맘 편한 미소로 모든 표현을 대신했다.

때론 단아하고 때론 조잡한 분위기를 풍기는 낙양.

허기를 달랠 겨를도 없이 운사유와 유겸은 시끄러운 대로를 벗어나 하루를 보낼 객잔을 찾았다.

그렇게 낙양에서의 첫날이 가고 있었다.

고급 비단과 섬산 고목, 화강암의 재질로 만들어진 값비싼 돌침대에서의 하룻밤. 산해진미라 할 수 있는 낙양객관에서의 식사를 끝마치고 마지막 포부를 다짐한 운사유와 운유겸은 무관 시험 등록을 위해 시험장으로 향했다.

"……재고해 보시는 것이 좋을 듯합니다."

운사유는 무관 시험 참가 여부를 서책에 기록하는 집정관(輯定官)의 태도에 표정을 굳혔다. 생각지도 못한 곳에서 복병을 만난 꼴이다. 벌써 일다경 가까이 앞에 서서 설득했지만 집정관의 태도는 여지없었다.

"이보시오, 집정관. 멀리 호남성에서 온 사정을 봐서라도 참가하게 해주시오."

"아무리 어린 제자들의 무관 시험이기는 하나 아직 열 살도 되지 않은 서동을 참가시킨다는 것은 아무래도 대회 율레에 어긋나는 판단이외다. 차기 후기지수들을 뽑는 무관 시험인만큼 중원 각지에서 알아주는 문도의 제자들과 문하생들의 참가가 분명할 터. 이렇게 어린아이를 참가시킨다면 후에 어떤 끔찍한 일이 벌어질지 그 누구도 예상할 수 없소이다."

"……"

거듭되는 반대 의사에 운사유도 충분히 납득할 수 있다는 표정으로 머리를 쓸어 넘겼다.

줄을 기다리는 와중에 수많은 거목들이 운사유의 앞을 지나갔다. 그들은 잠룡문 내에서뿐만 아니라 강호에서 그 힘이 일절이라 할 수 있는 고수들이었고, 하나같이 강인해 보이는 수많은 제자와 함께했다. 그들이 이번 무관 시험에 등록했음은 두말하지 않아도 알 수 있었다.

성장이 충분히 자랑스럽고 나날이 일취월장하는 유겸일지라도 핏줄과 자라온 환경은 속일 수 없는 법.

운사유는 강인한 다른 강호인들의 비해 나약하고 왜소한 자신의 모습이 부끄러워질 뿐이었다.

그는 그저 아무 말 없이 유겸을 바라보았다.

허리춤에 찬 소검을 응시한 채로 막연히 상념에 잠긴 유겸의 모습에 운사유는 마지막으로 간곡히 집정관에게 이야기했다.

"부탁이오. 이번 대회를 위해서 우리 겸이가 얼마만큼의 노력을 했는지는 아비인 내가 잘 알고 있소이다. 이번 무관 시험에 대의를 얻기 위해서 참가한 것이 아닌, 더 좋은 자리에서 더 좋은 경험을 할 수 있게끔 하고 싶다는 짧은 생각에서 낙양행을 택한 것이오. 내 간곡히 부탁할 터이니 허락해 주시오."

"아니 됩니다."

“이번 무관 시험 양식의 그 어떤 조항도 지금 이 상황과 관계 없소이다.”

“귀공을 위해서 하는 말입니다. 절대 허락할 수 없습니다.”

“거기 무슨 소란인가?”

언성이 오가는 상황. 그때 어수선한 상황을 잠재우는 목소리가 들려왔고, 앉아 있던 집정관은 공손히 일어서며 대답했다.

“행관(行官) 나리 아니십니까. 어인 일로 이런 곳까지⋯⋯.”

“관주님께서 이곳을 돌보라고 보내셨다네. 한데 무슨 일인가?”

행관이라 불린 사내에게 다가간 집정관은 지금 상황을 고했고, 행관은 금세 생각에 잠긴 얼굴이 되었다.

“시험의 어떤 조항에도 이 같은 경우가 위배되는 상황이라 할 수 없으니 참가를 허락하겠네.”

행관의 답변에 집정관은 난색을 지었다.

“아니, 나리⋯ 지금껏 무관 시험에서 이렇게 어린아이가 참가한 경우는 없사옵니다.”

집정관의 완강한 태도에 행관은 가볍게 손짓을 하며 그를 바라보았다. 귀를 빌리겠다는 표시였다.

“관주님의 명일세.”

행관의 말이 이어질수록 집정관의 표정은 굳어졌다. 길지
도, 짧지도 않은 이야기가 더욱 오갔고, 집정관은 고개를 떨
어뜨릴 뿐이었다.

"그런……."

"이건 명령일세."

집정관은 자리에 돌아오며 운사유와 시선을 마주했다. 상
황을 지켜보던 행관은 천천히 자리에서 멀어졌다. 집정관은
행관의 뒷모습을 바라보다 그저 짧은 한숨을 내쉬었다.

"참가를 허락하겠다는 상부의 명이오. 하나 조건이 있소."

"조건이라고 하면?"

"후에 어떤 일이 벌어질지라도 관에서는 책임을 지지 않겠
소. 여기에 응한다면 귀공의 아들은 이번 무관 시험에 참가할
수 있소."

"……참가하겠느냐, 겸아?"

운사유는 집정관의 의견에 유겸을 바라보며 짧게 물었다.
앞날에 대한 근심과 걱정이 솟아나는 상황. 운사유는 유겸의
말을 존중하기로 결정할 뿐이었다.

"자신있습니다, 아버님."

"그래……."

운사유는 자신감이 묻어나는 유겸의 목소리에 긴 생각을
마무리하며 집정관을 바라보았다.

"응하겠소."

사흘이 흘러 첫 번째 예선전이 치러지는 날이 다가왔다.

관전석에는 이미 수백, 수천 명의 사람이 무관 시험 예선을 관람하기 위해 삼삼오오 모여들었고, 제자들의 무용을 보다 가까운 곳에서 볼 수 있게끔 만들어진 전각에도 이미 수많은 무인들이 예선에 대한 담소를 나누고 있었다.

그 시각, 운사유와 유겸은 대기실에서 하나의 검을 함께 바라보고 있었다.

적월검(赤鉞劍).

잠룡문의 검이다.

두 갈래로 나누어지는 검날은 체중을 두 군데로 분산시켜 강하고 빠른 힘을 낼 수 있게끔 심도있게 만들어져 있다.

"들 수 있겠느냐?"

"……."

운사유는 유겸을 바라보며 말했다.

다른 문파의 도검과는 다르게 두 척 반의 길이밖에 되지 않았기에 소검류에 속하는 적월검이지만, 어린아이가 마음 놓고 들 수 있을 만한 무게는 아니었다.

하지만 잠룡초식을 손쉽게 시전할 수 있는 형태의 검은 오직 적월검뿐이었다. 유겸은 운사유가 조금은 무리수를 둔다고 생각할 수 있었다.

　차아앙—

　유겸은 검을 뽑아보았다. 맑은 소리가 흘러나왔다. 이 빠진 곳이 없고 결이 날카로운, 그야말로 관리가 잘된 검신이었다. 그가 들기에도 전혀 무리가 없는 무게였다.

　운사유는 가볍게 검을 갈무리하는 유겸의 모습에 미소를 지으며 말을 이었다.

　"주인을 잘못 만나 평생을 숨죽인 채 살아온 검이다. 앞으로 겸이 네가 새로운 주인이 되어주었으면 좋겠구나."

　쓸쓸함이 느껴지는 운사유의 말에 유겸은 그저 고개를 끄덕이는 것으로 대답을 대신했다.

　"건투를 빈다."

　돌아서며 전각이 아닌 관전석으로 발걸음을 옮기는 운사유의 모습에서 유겸은 안타까움을 느꼈다.

　운사유가 없었다면 여기까지 올 수 있었을까, 지금껏 많은 생각을 해온 유겸이었다.

　유겸은 모든 생각을 정리하고 지금의 상황에 집중했다. 긴장감이 대폭 증강되고 있었다. 수많은 제자들이 자신의 차례를 기다리고 있던 대기석에 오른 유겸은 천천히 심호흡했다.

　그리고 얼마 지나지 않아 익숙한 목소리가 울렸다.

　"운유겸, 네가 첫 번째다."

대회를 주관하는 집정관의 말에 유겸은 눈을 돌렸다. 첫 번째, 늘 의미있는 숫자에 유겸은 쓴웃음을 지었다.

그렇게 예선은 시작되었다.

"……허허허, 이번 대전의 백미는 근간에 소문으로도 파다한 하남의 냉유성 아니겠습니까. 대협의 가르침이야말로 강호 일절이니 그 누가 냉유성의 상대가 되겠습니까?"

"과도한 칭찬이구려. 내 듣기론 대협의 맏아들 백천후 역시 지금 실력으로도 그 유명한 나포삼검대의 한 자리를 차지할 충분한 무위를 이루었다고 들었소이다. 내 백천후의 일취월장한 무위를 심히 기대하고 있습니다, 대협. 껄껄껄!"

형형색색의 단색과 명색의 조화가 이루는 전각의 한가운데인 용포전각(龍浦全珏).

대인(大人)들의 눈을 즐겁게 하는 공연에는 다과와 주청이 따르게 마련이다.

쌍룡이 수를 놓은 긴 상 앞에 마주하며 대전의 시작을 기다리고 있던 양화환검과 율거 도인은 서로의 제자를 호평하며 들고 있던 술잔을 털어 넣었다.

웃음꽃이 완연한 담화는 서로의 귀를 즐겁게 하는 덕담이 분명했지만 현실은 그렇지 못했다. 잠룡십존 중에서도 가장 불편한 사이라고 알려진 율거 도인과 양화환검이었다.

'무식한 불곰 같으니……'

'얍삽함이 얼굴에 가득하구나.'

둘 모두 방금의 호평이 불편한 심기를 가득 포장한 선전포고라는 것을 눈치챘다.

그렇게 불편한 난기류가 흘렀다.

"서전의 시작이 언제요?"

가만히 자리하고 대전을 기다리고 있던 양화환검은 이어지는 어색함을 풀어보기 위하여 함께 앉아 있던 낙양관주 을지방에게 물었다.

어디로 튈지 모르는 분위기였다. 어찌할 바를 몰라 하던 을지방은 무대 옆에서 대기하고 있던 집정관들에게 시선을 주었다. 집정관들은 준비가 끝났다는 깃대를 높이 들어 올리며 대회의 시작을 알렸다.

"이제 시작한다고 하옵니다."

"크흠……."

모두의 시선이 장대로 향했다.

"잠룡문 제자 무관 시험 서전(序戰), 백 운유겸 대 청 백천후!"

서전을 알리는 우렁찬 목소리가 장내를 가득 울렸다. 이윽고 대전을 기다리던 수많은 관전자들의 함성이 주위에 울려 퍼졌고, 호명된 운유겸과 백천후가 비무가 치러질 무대에 올라섰다.

"서전부터 백천후의 비무를 보다니요, 이거 영광입니다."

"과찬이십니다."

한눈에 보아도 지루함이 가득한 모습의 백천후가 등장했다. 자신감에 가득 찬 상태. 나포삼검대의 늠름한 모습과도 같이 등뒤에는 그들의 상징인 협봉검과 유엽도의 검병이 여지없이 모습을 드러내고 있었다.

"뭐야? 애잖아?"

장내에 큰 소란이 일었다. 백천후의 상대인 유겸이 장대에 올라섬과 동시에 발생한 소란이었다.

백천후의 나이 올해 열셋. 아직 어린 나이임은 분명했지만 양화환검의 피를 그대로 물려받아 또래들보다 훨씬 키가 컸고, 우락부락함과 뿜어져 나오는 기세만큼은 장정의 깃이라고 하여도 절대 부족함이 없었다.

반면에 백호석에 들어선 유겸은 분명 또래 아이들보다 제법 건장하다 하더라도 백천후 앞에서는 그저 하룻강아지로밖에 보이지 않았다.

잠룡문도의 제자라는 것을 증명하듯 허리춤에 매달린 적월검.

하지만 그 크기는 유겸이 들 수준이 아니었다. 사부의 것을 가지고 온 듯 모양새가 나오지 않는 이유 때문이었을까, 자리에 모인 모든 잠룡문도들은 유겸의 패배를 장담했다.

"지금이라도 대전을 중단시켜야 하지 않겠습니까?"

비무에서 단 한 치의 사정을 두지 않는 백천후였기에 양화환검은 조심스럽게 낙양관주에게 의견을 전달했다.

능글거리는 눈빛. 기정사실인 양 시합이 시작되기도 전에 백천후의 승리를 공표하라는 말.

을지방은 흘러내리는 땀방울을 연신 닦아내며 주위의 반응을 살폈다.

"역시 그래야겠지요."

그때,

"아니……!"

율거 도인의 탄성이 이어졌다.

풍금의 현이 가득 당겨져 곧 있으면 끊어질 것 같은 긴장상태. 그 고요함을 먼저 깬 것은 다름 아닌…….

유겸이었다.

앞에 직립한 외양이 태산과도 같다. 곰 같은 손바닥과 허벅지는 우락부락함이 아닌 강인함 그 자체다. 그 누가 백천후의 모습을 본다 할지라도 위 같은 평을 내릴 것이 분명했다.

'비무에는 방심이 없어야 하는 것임을…….'

성취한 무위가 절정이라 할지라도, 알려진 무위 또는 외양이 자신보다 하수의 것이라 할지라도, 방심이란 비무에 있어서 패배로 연결되는 가장 큰 실수다.

자신을 내려다보며 비웃는 백천후의 모습에 유겸은 평가했다. 설령 실력있는 강호인이 될지언정 분명 그 한계가 있을 것임을.

분명 비무에서 하수에게 선공을 준다는 것은 빼어난 실력 차로 극복할 수 있다는 강단과 자신감이 있기에 하는 행동이 분명했지만, 실력에서의 차이가 명확히 갈렸을 때 선을 양보한다는 것은 패배를 받아들인다는 의미와 같았다.

비무를 알리는 호각이 장대에 울려 퍼졌고, 유겸은 낮은 보폭으로 백천후에게 쇄도했다.

단 한 번의 보법으로 백천후의 코앞까지 당도한 유겸은 낮은 보폭의 탄력을 이어받으며 검을 횡으로 찍이 올렸다.

작은 몸에서 이루어지는 것이라 생각할 수 없는 엄청난 경신법이었다. 가볍게 날아오르는 모습이 무력답수와도 같았기에 백천후는 뒤늦게 등뒤에서 쌍검을 뽑았다.

"이놈!"

소문과도 같이 엄청난 기교였다. 단숨에 허리 균형을 바깥쪽으로 두 자 이상 틀며 유겸의 재빠른 공격을 피해낸 백천후는 쌍검에 시간차를 두며 초식을 전개했다.

　　—잠룡검법 삼초식 제육절 태사일련(太沙一攣).

한 알의 모래도 빠져나갈 수 없게 검을 사선과 직선으로 빠르게 전개하여 몸을 뺄 수 없도록 만드는 일류의 초식. 백천후의 무위는 알려진 사실보다 더 대단하다는 것을 유겸은 단번에 눈치챌 수 있었다.

하지만 유겸의 첫 공격은 명백한 허초였다.

"협!"

흐트러짐없는 간격으로 백천후의 태사일련을 피해낸 유겸은 적월검을 틀어 올렸다.

동시에 전 방위로 금나수를 전개하면서 되레 백천후의 움직임을 묶어놓은 유겸은, 이번에는 검을 사방으로 휘두르며 초식을 시전했다.

―잠룡검법 사초식 제팔절 오통명결(伍通銘抉).

'최대한 화려하게, 최대한 간결하게, 그리고…….'

시합을 어떻게 끝내느냐는 중요하지 않다. 얼마만큼 사람들의 시선을 끄느냐, 얼마만큼 잠룡문 안에서 최고의 제자로 인정받을 수 있느냐, 그것이 유겸이 의도한 방법이었다.

최대한 빨리 잠룡문 내부로 스며들어야 하기에.

유겸의 눈이 시뻘겋게 타올랐다.

초식에서의 우위.

오방(五方)을 비롯한 모든 사각지대를 봉쇄하며 상대를 공포와 절망으로 몰아넣는 잠룡검법의 일절.

백천후는 점점 시간이 흐를수록 승리에서 멀어지고 있다는 것을 짐작할 수 있었다. 그만큼 유겸의 계속되는 공격은 완벽함 그 자체였다.

"……최대한 강력하게."

적월검이 더욱 빨갛게 타올랐다. 유겸은 단전에서 내공을 끌어올리며 검신에 강기를 불어넣었다.

잠룡문 수라사룡심법 칠단공의 모든 내공이 집약되며 적월검의 한 축으로 몰려들었다.

기본 중의 기본인 초시 팔방풍우기 몰아쳤다. 그 순간만큼은 하류무공이라고 생각할 수 없는 태풍이 장대 위를 휩쓸었다.

관전석, 전각에 모여 있는 모든 사람들의 시선이 장대 위로 옮겨졌다.

비산하며 떨어지는 철의 난무!

믿을 수 없는 광경. 백천후의 두 자루 명검이 생명을 잃고 허공에 한 아름 뿌려졌다.

"오오!"

큰 함성 소리. 숨막히는 유겸의 기교에 감탄사가 절로 터져나오는 순간이었다. 비무를 지켜보던 모든 이들이 경악하는 시선이 느껴진다.

유겸은 무대를 박차 올랐다. 곧이어 하늘을 날며 관전석을 바라볼 뿐이다.

잠시간의 침묵. 그 누구도 예상치 못한 광경에 전각, 관전석 할 것 없이 고요에 휩싸였다.

쏴아아—

모래알처럼 잘게 바스러진 두 자루의 검이 비로 환하여 장대에 떨어져 내렸다.

이에 유겸은 재빠르게 검망을 전개하며 떨어지는 비를 막아냈다. 또 하나의 볼거리를 제공하는 것이었다.

"배… 백 운유겸 승!"

심판의 선언과 함께 우레와 같은 함성 소리가 울려 퍼졌다.

대전을 지켜보던 낙양관주 을지방을 비롯, 백천후의 손쉬운 승리를 예상하며 관전하던 고수들은 예상외의 결과에 말을 잃었다. 몇몇 고수들은 믿을 수 없는 광경에 자리에서 일어서기까지 했다.

백천후가 무너지는 모습을 바라보는 양화환검은 믿을 수 없다는 듯 고개를 내저었다.

유겸은 손에 완전히 익은 적월검을 검집에 되돌리며 적적한 하늘을 바라보았다.

싱거운 승리였다. 아니, 싱거워야만 했다.

털썩—

　외로이 남겨진 두 검병을 전의를 상실한 듯 애처로운 시선으로 바라보던 백천후는 곧이어 낙담하며 무릎을 꿇었다.

　무인으로서의 큰 숙제를 일찍 만난 것이었다. 어린 나이에 한 번도 경험해 보지 못한 갑작스런 패배를 이겨내느냐, 못 이겨내느냐가 앞으로의 무인 인생을 좌우할 것이다.

　“…….”

　예상치도 못한 결과에 가장 할 말을 잃은 사람은 다름 아닌 운사유였다. 가만히 유겸을 내려다보며 어깨에 손을 짚는 그의 모습에서 느껴지는 감정은 자신이 이루지 못한 것에 대한 갈증과 열망뿐이었다.

　예선 이차전, 청 운유겸 대 백 류협룡.

　유겸을 마주하는 상대의 외관은 분명 차기 후기지수에 걸맞는 외양과 기품, 그리고 실력을 갖추고 있었다. 하지만 어디까지나 거기까지였다.

　유겸은 차례대로 검을 부숴 나갔다. 또 어떤 병기이든 파괴했다. 기본 검수에 이은 연환 초식, 그리고 매 대전마다 새로운 초식과 믿을 수 없는 기교로 볼거리를 제공했으며, 어떤 상대를 만나도 인정사정없었다.

　유겸과의 대전을 천운으로만 생각하던 참가 제자들은 연이어 들려오는 그의 승전 소식과 검증되는 무위에 치를 떨었다.

유겸과의 대전이 정해진 몇몇 제자들은 겁에 질려 기권함으로써 무관 시험 역사상 없었던, 대전 직전에 대진표가 바뀌는 소동이 있을 정도였다.

네 번째 비무.

최종적으로 본선행을 가리는 예선 결전. 그 경기가 한 참가 제자의 믿을 수 없는 행보로 인해 닷새나 앞당겨지면서, 예선전에서는 유례가 없던 관전비를 수금하며 비무 장소를 옮기게 되었다.

유겸의 무위를 전해 듣고 각지에서 몰려드는 관전자들을 위한 판단과 선택이었다.

그렇게 잠룡제자 무관 시험 이십 년의 역사상 최초로 예선전이 본선 장소인 낙양각에서 펼쳐지는 결과가 성립된 것이다.

덧붙여, 유겸의 행보는 낙양과 주변 곳곳을 거쳐 하남성 잠룡문 본산에까지 이르고 있었다.

第五章
잠룡문주 태신청검

곤륜
기신

하남성 숭산(嵩山).

과거에는 외방이라도 했으며, 또 숭고(嵩高)라고도 불리었
다. 일찍이 오악의 중심을 차지하고 있었기 때문에 중악이라
고도 칭했다.

그 중심에는 세 개의 봉우리가 우뚝 서 있다.

하늘에 닿을 듯 높게 치솟은 가운데 봉우리는 준극(峻極),
동쪽의 것은 태실(太室), 서쪽의 작은 봉우리는 소실(小室)로
일컬어진다.

소실 북쪽 기슭에 사찰이 자리 잡고 있는데, 웅장하고 거대

한 전각과 승방이 즐비하여 너비가 거의 삼만 평에 달할 정도였다.

이곳이 바로 소림파의 근본인 소림모찰이었다.

소림사의 역사는 수백 년을 숭산과 함께했지만 지금은 그렇지 않았다. 소림사의 상징인 소림모찰, 그 중앙을 차지하며 봉우리처럼 우뚝 선 용의 모습을 하고 있는 두 개의 첨탑.

용은 잠룡문을 상징하는 수라사룡이며, 탑은 잠룡문 본산 대지를 수호하는 태사첨탑이었다.

오대강파의 권위와 수백 년의 역사를 비롯, 천년을 이어오고 있는 달마 대사의 가르침과 혜가, 혜능으로 이어지는 소림사의 역사를 지키기 위해 현 소림방장 승찬(僧璨)이 분파인 서안으로 피눈물을 흘리며 떠나야 했던 천년의 역사지가 바로 이곳, 숭산이었다.

안타깝게도 현 소림모찰의 역사를 이어나가고 있는 것은 다름 아닌 천하제일문파 잠룡문이었다.

잠룡호법 좌적검(左赤劍) 여준환은 전각의 끝에 서서 연못에 손을 적시는 누군가를 멀찌감치 바라보고 있었다.

"가까이 오거라."

그렇게 잠시 후, 자신의 기척을 감지한 듯 말을 거는 청의 사내의 익숙한 음성에 여준환은 표정을 굳히며 모습을 드러내었다.

"숭산도 이제 옷을 벗으니 곧 겨울이 오겠구나."

"……."

지고한 음성과 장내를 제압하는 신기, 그리고 가볍게 육 척을 넘어가는 다부진 무골. 소담스러운 청 끈으로 묶어 내린 윤기있는 머리카락은 청의인이 자랑하는 미색과 조화를 이루며 한 폭의 그림을 만들어냈다.

이제 이립이나 되었을까? 천하를 호령하기에는 너무나도 앳되어 보이는 그가 수천, 수만 잠룡문도의 수장이며, 현 강호를 움직이고 있는 태신청검 잠룡문주였다.

생각에 잠겨 있는 태신청검의 모습에 행여나 방해가 될까 멀리서 기척을 죽이고 숨소리조차 내지 않고 있던 여준환은 자신의 등장을 감지한 태신청검의 능력에 놀랄 뿐이었다.

여준환은 그저 말없이 태신청검 옆으로 가까이 다가섰다.

"어인 일이냐?"

"절강성 보타산(普陀山)과 운남성 애뇌산(哀牢山)에서 만극종령석유(萬極鐘靈石乳)와 공청석유(空淸石乳)가 발견되었다는 종남당주의 보고입니다."

"처리는?"

"만극종령석유의 적빛이 극에 이를수록 소식을 듣고 몰려드는 이류문이 많았습니다. 하지만 굳이 경계해야 할 방파가 있다면 보타산에는 무당파와 종남파, 그리고 모용세가 정도고, 운남성의 경우에는 당문과 점창파가 전부입니다. 현재 영물의 수급을 위해 잠룡호법 우청검(右靑劍) 혁천도와 일곱의 잠룡장로가 남진했습니다. 이변이 없는 한 수급에는 이상이 없을 것이라는 보고입니다.”

“그래……..”

강호의 기강을 뒤흔들 수 있는 영물의 등장이었지만 태신청검의 반응은 매우 짧았다.

맹주회의를 제외하면 현재 잠룡문주 태신청검이 공석에 모습을 드러내는 횟수는 점차 줄어들고 있었다.

숭산 잠룡본산이 있는 산 속에서 칩거를 시작한 지 어언 팔 년. 전대 맹주의 알 수 없는 칩거가 시작됨과 동시에 태신청검의 칩거 비슷한 생활이 시작되었고, 어느덧 십 년에 가까워진 것이다.

“다른 소식은 없느냐?”

손바닥으로 물 기포를 만들어내며 어린아이처럼 장난을 친 태신청검은 여준환과 시선도 마주하지 않은 채 물었다.

“우청검의 직계제자인 열혼랑(裂昏朗)이 의문의 참가 제자에게 단 여덟 초식만에 병기를 잃고 대패했습니다.”

“……..”

지루한 분위기와 느리게 흘러가는 시간을 탓하고 있던 태신청검의 동공이 갑작스럽게 흔들리는 순간이었다.

"그것이 사실이란 말이냐?"

"예."

"하하하, 내 우청검의 씩씩거리는 모습이 눈에 선하구나. 대체 천하의 어떤 어린 제자가 열혼랑과 검을 섞을 수 있단 말이냐?"

여준환은 오랜만에 다시 듣게 된 태신청검의 웃음소리에 화들짝 놀랐다. 그 어떤 일에도 흥미를 잃은 지 수년째. 태신청검이 자세를 바꿔 자신을 바라보고 있었던 것이다.

잠룡호법 우청검이라고 하면 좌적검 여준환과 함께 잠룡 문주를 유일하게 수호하는 두 호법 중 하나였다.

그들이 겸비한 실력 역시 초절정을 가볍게 넘어선 대성의 경지였고, 소수의 십존을 제외한다면 제아무리 구파의 장문 인일지라도 한 수 접고 들어간다는 무위를 가지고 있었다.

열혼랑이라고 한다면 자존심 강한 우청검이 어렸을 저부터 그 무위를 직접 담금질했다고 전해지는 어린 제자였다.

일취월장하는 실력이 잠룡문 내에서도 일찍부터 전해졌기에, 태신청검, 우청검과 가장 돈독한 우애를 과시하는 좌적검 여준환이 흥미로운 눈빛으로 평소부터 지켜봐 온 존재가 바로 열혼랑이었다.

그런 열혼랑이 이번 무관 시험에 자격 검증을 위해 출전했고, 우청검 혁천도가 자신감있게 우승을 호언장담했기에 태신청검의 반응은 어떻게 보면 당연하다고 볼 수 있었다.

그 실력은 좌적검과 태신청검 역시 인정하고 있었기에, 패배 소식은 태신청검의 주의를 끌기 충분했던 것이다.

"하하하, 분명 이 소식을 듣는다면 영약과 영물이 눈앞에 있어도 우청검 그 친구, 당장 하남으로 귀방하겠군. 하하하!"

"……."

태신청검은 자리에서 일어나며 여준환을 바라보았다.

"내 친히 녀석을 보고 싶군. 단순히 얘기만 들어도 사전에 알지 못했던 복병 중의 복병이니, 분명 잠룡이라 부를 수 있는 녀석일 것이야."

*　　*　　*

알려지지 않은 참가 제자가 결승 후보로 꼽히는 백천후를 단 두 초식만에 제압했다는 소식은 낙양의 큰 화제가 되었다.

관련자들은 그저 천운이었고 백천후가 방심했기 때문일 것이라고 얼버무렸지만, 그 말을 비웃듯 운유겸이라는 이름 앞에는 계속해서 승리의 표식이 붙었다.

쟁쟁하다고 평가되는 네 명의 제자를 연거푸 꺾어 본선에 오르는 이변의 연속을 보이자, 그 실력은 더욱 확실해졌다.

재미있는 사실은 거기서 끝난 게 아니란 것이다.

어린 잠룡들의 무관 시험인만큼 수많은 고수들의 관측을 깨고 승승장구하는 제자는 유겸뿐만이 아니었다.

또 다른 잠룡십존 무령 도인(憮齡道人)의 직계제자로 알려진 섬서성의 호랑이 엄석의(嚴碩義)를 비롯해, 이번 무관 시험의 실력자라 평가되는 세 명의 제자를, 역시 대회 최단 시간 내에 꺾고 올라온 열혼랑의 이름도 낙양에서 엄청난 주가를 올리고 있었다.

더욱 재미있는 사실은 네 번의 비무 모두 초식을 전개하지 않고 오직 뛰어난 검수로만 제압했다는 사실에 있었다.

"잠룡문 제자 무관 시험 본선 제일차전, 백 운유겸 대 청 열혼랑."

그런 두 명의 제자가 본선 첫 비무에서 붙는다는 소식은 장안에 큰 화제가 되었다.

이천 석의 관전석이 있는 큰 규모로 더욱 유명한 낙양각이 천하제일인을 가리는 고수들의 대결이 펼쳐지는 것처럼 만석을 이루었다.

매표를 위해 찍어낸 이천 장의 표가 두 배의 가격으로 껑충 뛰는 등, 자리를 미처 구하지 못한 사람은 몇 개 남지 않은 암표를 구입하기 위해 동분서주하는 등, 무관 시험 이십 년 역사상 처음으로 벌어진 일에 낙양관은 매끄럽지 못한 진행을 할 수밖에 없었다.

"시작!"

하나 본격적인 비무에 들어가자, 그러한 진행 여부는 사람들 머릿속에서 깨끗이 사라졌다.

"탄영법(彈影法)."

대전 상대, 열혼랑을 바라보던 유겸은 시작과 동시에 비호처럼 날아드는 그의 경신법에 개전 이후 처음으로 놀랄 수밖에 없었다.

비록 최상승에는 미치지 못했지만 탄영법이라고 하면 일류고수들도 시전을 꺼리는 상승의 경신법이었다.

이제 열두 살이나 되었을까? 그런 열혼랑의 움직임은 실전 고수들처럼 성숙하며 묵직했다.

쩌엉—

작은 손에서 펼쳐지는 검술의 교환!

장내를 가득 울리는 파공음은 장정의 것이라고 하여도 믿을 정도였다.

사선으로, 수직으로, 수평으로. 온 사각지대를 넘나들며 이어지는 매서운 검초.

두 배가 넘는 가격을 주어 암표를 구입한 사람들에게 두 명의 제자는 절대 아깝지 않은 대전을 선보이고 있었다.

─잠룡검법 사초식 제삼절 허성상결(噓惺上抉).

　모든 비무를 오직 검수로만 끝낸 것으로 더욱 유명한 열혼 랑이 검수 교환에서 밀리는 양상을 보이자 , 그는 곧바로 거리를 벌려 숨막히는 대전에 어울리는 초식을 전개하기 시작했다.
　숨가쁘게 이어지는 허초를 비롯, 막아낼 수 없는 각도로 펼쳐지는 쾌검. 허성상결이 사방에서 몰아치며 장내를 긴장감의 극으로 이끌고 있었다.

─잠룡검법 사초식 제사절 역공화력(易共華靂).

　그런 공격을 몇 배의 힘으로 받아치는 유겸의 역공화력은 비무의 백미가 되었다.
　쌍방 비슷한 실력의 고수들이 대합을 나눈디면 내공의 소모를 피하기 위하여 고위 초식을 남발하지 않는 것이 정상이었다.
　하지만 그들은 지금의 상황을 즐기며 호투했고, 그것이 볼거리가 되었다.
　서로의 검이 기이하게 꺾이며 믿을 수 없는 각도에서 공격이 빗발쳤고, 막아내기 힘든 방위의 검격을 흘려내며 재차 반격을 가했다.

그렇게 한 초식, 두 초식.

시종일관 무표정으로 비무를 이어왔던 열혼랑의 표정이 믿을 수 없다는 듯 바뀌어 있었고, 쉽사리 예상할 수 없는 실력을 가진 열혼랑에게 유겸 역시 놀랄 수밖에 없었다.

열혼랑은 자신이 보일 수 있는 모든 초식을 선보였다. 하지만 굳건히 서서 자신의 공격을 흘려내는 유겸의 모습은 단 한 치의 변함도 없었다.

ㅡ잠룡검법 이초식 제오절 수결(水抉).

열혼랑의 적월검이 섬광에 물들었다. 형형색색의 빛이 검신에 반사되며 요란한 분위기를 풍겨냈다. 모든 내력을 집중한 듯 열혼랑의 이마에서는 땀이 비 오듯이 흐르고 있었다.

마치 마지막을 겨루자는 듯이 일 합에 모든 것을 거는 열혼랑의 행동에 유겸 역시 검에 내공을 더했다.

ㅡ잠룡검법 이초식 제사절 화결(火抉).

치열한 공방에 열띤 응원을 선보이던 장내가 급작스럽게 침묵에 휩싸이며 둘의 마지막 합을 기대하고 있었다.

그렇게 두 제자는 서로를 향해 미친 듯이 질주했다.

쩌어엉—

그리고 이어지는 침묵.

"배… 백 운유겸 승!"

낙엽 하나가 떨어지는 시간이 흘렀을까? 사람들은 믿을 수 없는 결과에 큰 환호로 보답할 뿐이었다.

"와아아아!"

무려 일다경이나 이어진 본선 일차전의 비무는 단 한 번의 빈틈을 놓치지 않고, 어렵게 찾아낸 병기의 중심을 여지없이 파괴한 유겸의 승리로 장식되었다.

"내 이름은 열혼랑이다, 운유겸."

"……?"

적월검을 추스르고 있던 유겸은 가까이 다가서는 익숙한 얼굴에 고개를 돌렸다.

단판제로 치러지는 무관 시험은 한 번의 패배가 기록에 누적되면 떨어지는 법칙이 존재했다. 유겸의 상대들은 백천후, 냉유성을 제외하고도 비교적 우승 후보로 알려진 제자들이었고, 그들은 납득할 수 없는 대패에 낙담한 채 자리를 벗어났다.

하지만 인기척을 내며 다가오는 인영은 남달랐다.

"다음에도 기회가 된다면 네 녀석과 검을 섞고 싶다."

아마 유겸이 없었다면 이번 무관 시험의 일인자를 노릴 수 있는 역량과 실력을 겸비한 열혼랑이었다. 유겸은 그저 그와 시선을 마주했다.

뜻밖의 기세와 실력에 놀랄 수밖에 없었던 비무에서의 기억이 상기되었다.

무려 여덟 초식만에 승부를 볼 수 있었고, 만약 유겸이 조금이라도 방심을 했더라면 충분히 승부를 뒤바꿀 수 있을 만한 순간적인 감각을 타고난 상대였다.

특별히 그의 간담을 서늘케 한 쾌검이 상기되자 유겸은 몸을 살짝 떨었다.

"나 역시도 꼭 다시 붙었으면 한다, 열혼랑."

"다음에는 쉽지 않을 거야."

열혼랑이 백천후보다는 아니지만 역시나 다부진 큰손을 내밀었다. 유겸은 그의 손을 맞잡으며 다음을 기약했다.

자신의 패배를 인정하며 자리를 정리하는 열혼랑의 모습에 유겸은 짧은 미소를 지으며 그의 뒷모습을 바라보았다.

열혼랑과의 대전을 동기로 삼아 유겸은 더욱 치밀해졌다. 상대하는 제자들이 생각하게끔, 태산과도 같은 투기를 느낄 수 있게끔, 절대 어린 모습이라는 이유로 흐름을 주지 않게끔.

―잠룡검법 오초식 제일절 총격화천(憁榕華穿).

수라사룡심법의 말격(末格)인 팔단공의 모든 심법이 유겸의 체내에 흡수된 뒤였다.

잠룡문 검법의 시작이라 할 수 있는 검격의 모든 초식이 완성되며 장대 안에서 그 무용을 발휘했다. 이에 상대 제자들의 병기가 속수무책으로 바스러지며 허공에 흩뿌려졌다.

"곤륜……."

지금은 그 색을 잃었을지라도 계속해서 떠오르는 곤륜산의 전경이 유겸의 눈앞에 나타났다. 노곤해도, 힘이 부칠지라도, 당장 자신이 가야 할 길을 큰산이 기로막을지라도, 유겸은 이어져 오는 모든 생각을 본연의 목적이 되는 곤륜파에 담았다.

적월검의 끝에서 시전되는 것은 폭풍이자 태풍이었고, 뇌격이었으며 폭발하는 활화산이었다.

최고의 비무를 선보이며 무릎 꿇린 상대를 두고 침묵과 함께 자리를 벗어나는 유겸의 모습은 절대 어린아이의 것이 아니었다.

"……."

운유겸이라는 이름은 이미 단순한 참가자의 이름을 넘어

모든 참가자들에게 공포와 절망을 심어주었다.

사신검(死神劍).

사람들은 잠룡 무관 시험의 핵이며 화제인 유겸을 별호로 부르기 시작했다.

그 어떤 제자의 병기이든, 그 어떤 장인이 손수 만들어낸 무기이든, 사신검의 앞에서는 철저히 공중 분해되었으며 본모습을 잃었다.

잠룡문 제자 무관 시험 결전(決戰).

그렇게 보름의 시간이 흐르고 시험의 끝을 알리는 결전의 순간이 다가왔다.

하남성 낙양각 낙양대관(洛陽大館). 이천 평에 이른다는 낙양각 최대의 비무장.

강호를 좌지우지하는 고수들만이 비무와 담소를 목적으로 독점하는 낙양대관이 단순히 어린 제자들의 무관 시험을 위해 열렸다.

범인의 입장이 불가능한, 오직 고수들을 위해 건립된 비무장의 기세에 유겸은 천천히 눈을 감아 보았다.

"스무 고개의 산을 탈없이 넘어섰다. 이제 마지막 고개이다. 심신이 지칠지언정 초심을 잃지 말고 총력을 다하기를 이 아비는 바란다."

"예, 아버님."

운사유의 덕담을 미소로 경청한 유겸은 시험의 마지막 관문인 낙양대관으로 걸음을 내디뎠다.

"잠룡문 제자 무관 시험 결전, 백 냉유성 대 청 운유겸!"

시끄러웠던 예선과 본선의 분위기와는 너무나도 다른 무거운 분위기.

사방팔방 작은 소반 위에 놓여 있는 주안과 다과를 앞에 두고 결전을 기다리는 자들은 잠룡문 십존들이었다.

문파의 일을 위해 아쉽게도 남진한 이들을 제외한 모든 장로들이 한자리에 모였다고 해도 과언이 아니었다.

"헙!"

냅다 기합을 지르는 상대. 유겸과의 대진을 피헤긴 하남장로 율거 도인의 직계제자 냉유성이 예상대로 별탈없이 결전의 자리까지 올라왔다.

매 대진에서 보였던 여유로움이 오늘만큼은 느껴지지 않았고, 그 모든 이유가 자신에게 있음을 유겸은 피부로 느낄 수 있었다.

"단칼에……."

육체의 모든 기관이 요동쳤다. 척추를 잇는 수천, 수만 개의 말초신경에서 박동이 느껴지고 심장은 빨갛게 타올랐다. 이 모든 사람들 앞에서 선보일 기계적인 초식의 구성이 하나

하나씩 머릿속에서 재구성되고 있었다.

대전이 치러질 장대에 올라선 유겸은 적월검을 바로하며 집정관의 신호가 떨어지기만을 기다렸다.

순식간에 비무를 끝낼 요량이었다.

그러나,

수많은 고수들을 기대하게 만들었던 무관 시험 결전은 시작하지도 못하고 이틀이나 연기되었다.

낙양관저에서 일방적으로 통보한 사항이었기에 결전을 관전하기 위하여 낙양대관에 직접 행차한 몇몇 고수들은 불편한 심기를 노출했지만, 거기까지였다.

이틀 후 모든 사정을 설명할 만한 일이 벌어졌기 때문이다.

"……."

지난 수년간 공석에 모습을 드러내지 않은, 이질적이고 강인한 분위기는 강호 최고라고 해도 손색이 없는 자.

따라할 수 없는 기운을 소유한 미색의 남아가 관전석에 자리하고 있었다.

"잠룡문주님이시다."

어느새 유겸 옆으로 다가온 운사유는 자신 역시 처음인 태신청검을 바라보며 유겸에게 설명을 덧붙였다.

자리에 모인 모든 사람들의 시선이 태신청검에게 가 있다고 해도 이상할 것이 없었다.

"잠룡십존의 절반 이상이 참석하는 것도 모자라 잠룡문주님까지 직접 행차하셨다는 건, 이번 결전이 지금까지의 그 어떤 비무보다 관심이 집중되고 있다는 뜻일 게다."

유겸의 눈빛이 거칠게 타올랐다. 지나온 모든 노력이 결국 태신청검을 이곳으로 불러내었고, 이제 마지막 검증만을 앞둔 상태였다.

단 한 치의 실수도 용납할 수 없다는 눈빛으로 대회를 준비하는 집정관들의 표정은 그 어느 때보다 민감해 보였다.

천천히 장대 위에 올라서서 유겸과 대면하는 냉유성 역시 자신의 모든 역량을 이번 비무에서 보여주겠다는 듯했다.

집정관의 신호를 기다리고 있던 유겸은 문득 시선을 올려 다시금 태신청검이 자리하고 있는 곳을 바라봤다.

"……."

유겸은 그의 눈빛이 자신의 모든 속을 훑고 지나가는 듯한 느낌을 받았다. 허공에서 마주친 두 쌍의 눈동자는 그렇게 소리없는 대화를 나누었다. 곧 그에게서 짧은 미소가 느껴졌다.

천근만근 중압감을 주는 시선에 더욱 흥미가 느껴진 모양인지, 태신청검은 그렇게 미소를 짓고 있었다.

"잠룡문 제자 무관 시험 결전, 백 냉유성 대 청 운유겸!"

모든 준비가 끝났다는 사실을 알리며 집정관들은 장대 바같에 대기하고 있던 제자들을 불러 세웠다. 이제 모든 것을 보여줄 차례였다.

결전의 시작을 알리는 깃발이 높게 치솟아올랐고, 서로를 직시하던 두 제자는 동시에 땅을 박찼다.

상대를 탐색하지 않고 무작정 강한 초식을 남발하는 것은 경험 미달에서 나오는 어리석은 행동이었다.

역시나 명문 장로의 제자답게 냉유성은 실수를 최소화하기 위하여 초식을 전개하지 않고 찌르는 형식의 검수로 탐색전을 시작했다.

귀신같은 초식 전개로 이미 정평이 나 있는 유겸에게, 그나마 승산이 있는 순수한 검수 대결을 펼치자는 무언의 제안과도 같았다.

두 쌍의 적월검이 허공을 갈랐다. 원초적인 힘 싸움에서는 유겸이 밀릴 수밖에 없기에, 유겸이 선보이는 것은 감각적인 몸놀림을 이용한 재빠른 검수 전개와 기교였다.

냉유성이 수십 방향의 다른 각도로 치고 들어가 찍고, 최대의 역량을 발휘하여 벤다 할지라도, 모든 방위에 유겸의 검이 있었다.

그렇기에 냉유성은 초심을 잃고 무작정 빠른 쾌검으로 유겸을 압도하기 위해 모든 힘을 쏟아부었다.

"협!"

그렇게 짧은 시간이 흐르자 냉유성은 운유겸의 체중이 무너지는 느낌을 받을 수 있었다.

세 합 중 한 합에 힘을 집중해 최종적인 결정타를 노리는 수. 그것을 생각하며 기다리고 있던 냉유성은 순간 유겸의 허벅다리가 무너지는 모습을 발견하고, 모든 힘을 다해 찍어눌렀다.

하지만 이 모든 상황은 유겸이 만든 함정이었다.

완벽하게 냉유성이 원하는 대로 무너지는 척하고 있던 유겸의 몸이 유연하게 옆으로 빠졌다. 비스듬히 방향을 전환한 유겸의 검날로 인해, 온 힘을 다해 검을 찍어 내리고 있던 냉유성은 균형을 잃고 앞으로 쏠릴 수밖에 없었다.

유겸은 그 틈을 놓치지 않고 앞으로 몸을 빼내며 냉유성의 종아리를 검면으로 내려쳤다.

"아아!"

예상치 못한 공격에 비명을 지르며 냉유성은 장대에 고꾸라질 수밖에 없었다. 유겸은 한 손을 뒷짐 진 채, 한 손으로 검을 쥐고 여유롭게 냉유성을 바라보았다.

완벽한 유겸의 흐름. 침착함을 유지하던 냉유성도 뜻밖에 공격에 자존심을 상실할 수밖에 없었고, 동시에 이성을 잃었다.

냉유성의 검이 붉게 타올랐다.

─잠룡검법 사초식 제칠절 화풍여람(花風麗覽).

꽃바람이 분다는 착각을 일으키는 잠룡 초식. 부드럽게 이
어지는 매서운 공격은 강함과 부드러움이라는 이중성을 가지
고 있어 막아내기가 도통 쉽지 않다.

─잠룡검법 일초식 제일절 검풍(劍風).

잠룡문 기초 검법인 잠룡검법일지라도 그 등위가 명확하
게 구별되는 법이다. 이론적으로 사초식 화풍여람과 일초식
의 검풍은 비교조차 할 수 없는 것이었다.
무섭게 다가서는 냉유성의 검격을 무슨 생각을 하는 건지
묵묵히 바라보고만 있던 유겸은 검풍을 시전하며 냉유성 앞
으로 달려나갔다.
"아니……!"
결전을 관전하는 장로들이 입술로 가져가던 잔을 허공에
서 멈춘 순간이 바로 그때였다.
펴엉―
바람이 불었다. 장포가 펄럭이며 머릿결이 흩날렸다. 연기
가 휘날리며 장대 위 두 사람의 모습을 가렸다.

쩌저적—

　냉유성은 믿을 수 없다는 눈초리로 들고 있던 적월검을 바라보았다. 검이 갈라지며 바람과 공명하는 소리가 들려왔다.

　이어 검날이 기분 나쁜 소리와 함께 갈라졌다.

　뒤늦게 상황을 파악하며 돌아본 냉유성은 이내 유겸의 모습을 확인할 수 있었다.

　그의 검이 검붉게 타오르고 있었다.

　—잠룡검법 오초식 제구절 쌍룡모시열랑(雙龍眸矢列浪).

　전신을 한 바퀴 돌아온 내공은 체내에서 이동을 반복하며 단전을 거쳐 회음에 이르렀다. 한 지루의 검날에서 두 개의 검기가 연결되며 그림자를 만들어냈다.

　진정 일류의 극에 올랐음을 증명하는 장면! 아이의 손을 떠나 허공에 맺힌 적검의 형상은 쌍룡의 우아함 그 자체였다.

　잠룡문 일단검. 잠룡검법의 최상 초식인 쌍룡모시열랑이었다.

　유겸의 입술 사이로 짧은 선혈이 흘러나왔다. 내력의 한 축이 급작스럽게 단전에 몰린 탓에 어지러움과 근육 수축이 일어났고, 순간 온몸이 제어에서 벗어났다.

　두 손을 모아 억지로 용의 꼬리를 붙잡은 유겸은 한 발자국 두 발자국 냉유성이 있는 곳으로 보폭을 옮겨 나갔다.

사신처럼 천천히 자신에게 다가오는 유겸의 모습을 그저 멍한 표정으로 바라보던 냉유성은 막을 생각도 하지 못한 채 검을 축 늘어뜨릴 뿐이었다.

쩌정—

금 간 검신마저 강기의 흐름에 산산조각나며 허공에 휘날렸다.

곧 다섯 장 이상 거리가 좁혀졌을 때, 냉유성은 죽음을 직감했다.

그때였다.

매섭게 다가서던 쌍룡모시열랑이 허공에 기화되며 처음부터 아무것도 없었던 상황이 만들어졌다.

멀리서 비무를 관전하던 하남장로 율거 도인이 냉유성의 앞을 막아선 것이다.

잠시간의 침묵. 결전을 관람하던 태신청검의 얼굴이 살짝 굳어졌다.

이내 냉유성의 상태를 살핀 율거 도인은 천천히 말을 이었다.

"냉유성의 패요, 집정관……."

개전 후, 무서운 속도의 진행을 보였던 잠룡문 제자 무관 시험.

수많은 고수들이 자신 있게 추측했던 것과는 정반대의 결과가 폐막과 함께 널리 공표되었다.

중후하며 묵직했던 대전 내의 분위기와는 달리, 폐회를 알리는 첫 번째 신호는 소담스러우며 싱그러운 모습의 꽃가마로 시작된다.

우승자에게만 주어지는 특권.

낙양성 바깥 관도서부터 낙양각까지 이어지는 대로를 본선에 오른 제자들이 손수 드는 꽃가마에 탑승한 채 도는 다소 우스꽝스러운 행위.

그것은 이십 년째 이어져 온 무관 시험의 전통이자 특유의 색깔이었던 것이다.

작은 몸에 비해 크고 거추장스러운 용포를 입은 유겸이 꽃가마에 올랐다. 집정관의 신호에 따라 허공에 들린 꽃가마는 정리된 관로를 따라 한 걸음씩 자리를 옮기기 시작했다.

옅은 미소를 띠고 사람들의 환호에 손을 들어 답례하는 유겸, 그리고 대전에서의 화려한 모습을 기억하는 몇몇 관전자들은 유겸의 승리를 환영하는 엄지손가락을 치켜세우기도 했다.

그때만큼은 본연의 모습에 취해 잠시라도 기뻐할 만도 하건만 시종일관 유겸의 시야는 곤륜산이 위치해 있을 법한 곳으로 가 있었다.

'어찌 되었을까?

시간은 계속해서 흘러간다.

다들 즐거운 모습이었다. 폐회와 함께 시작되는 낙양의 축제 분위기에 휩쓸린 듯 지나간 패배는 모두 잊었다. 참가자들은 지나간 대회를 상기하며 보름간의 대장정을 함께한 사람들의 시선에 화답하고 있었다.

즐거운 표정의 열혼랑은 왼쪽 어깨의 힘으로만 가마를 받치는 여유를 보이며 사람들에게 인사했다.

건장한 열혼랑에 모습에 몇몇 소녀들은 소리를 지르기도 한다.

충격에서 벗어난 냉유성도 한층 여유로운 모습을 보이며 유겸에게 시선을 가져가고 있었다. 승자에 대한 예의와 훗날 만나서는 패배하지 않을 거라는 무언의 자신감과도 같이.

냉유성뿐만 아니라 본선에 진출한 모든 제자들의 표정은 그렇게 말하고 있었다.

몰려든 사람들에 의해 관도에 병풍처럼 이어진 객잔은 이내 만석을 이루었고, 이에 따라 주청과 음식이 덤으로 배가되니 낙양의 분위기는 가히 축제처럼 변해가고 있었다.

그렇게 꽃가마는 낙양각에 들어섰다.

본선 진출자가 가지는 특권은 거기까지이다. 모두들 우승자에 대한 예의로 마지막 배웅을 한다. 전각을 밟는 존재는 오직 우승자만이었다.

그리고 그 길의 끝에는 무엇이 있을까? 유겸은 천천히 자세를 바로하며 발걸음에 힘을 주었다.

숨막히는 분위기지만 낙양의 미가 온연히 느껴지는 호전각(浩全閣)이었다.

그리고 그곳엔 익숙한 잠룡십존을 비롯해 대회를 관할한 낙양관주와…….

무서울 정도로 아름답고 지고한 기품을 풍기는 한 남자가 보인다.

잠룡문주 태신청검.

장중함과 섬세함이 느껴지는 눈빛이 유겸의 입장과 함께 그에게 고정된다. 잔잔한 파도와 같은 느낌이었다.

방심한 순간 온몸이 파도의 흐름에 따라 움직이는 것처럼…….

하지만 유겸의 시선은 거침없이 태신청검을 마주했다.

"잠룡문 제자 무관 시험 결전제일인(決戰第一人) 운유겸, 올해 여덟, 태생 북건성 대전현."

무거운 분위기 속에 익숙한 낙양관주의 목소리가 장내에 가득 울려 퍼졌다.

"무공의 수위를 넘겨보니 수라사룡의 극공 팔단공에 위치해 있구나."

　가장 적극적인 관심을 보이는 노년 사내의 말이 이어졌다. 덥수룩하게 기른 흰 수염이 본연의 중후함과 신비로운 느낌을 선사한다.

　믿을 수 없는 유겸의 소식을 듣고 정말 먼 길에서 쉬지 않고 달려온 운남장로가 그 주인공이었다.

　소문에는 운남장로가 유겸의 무위에 반해 일찌감치 직계제자로 임명할 것이라는 말이 있을 정도였고, 그 의사는 단순히 운남장로에게만 국한된 것이 아니었다.

　정의협객전과도 같은 큰 회의가 없는 이상 강호에 나오지 않는다는 잠룡문의 은거고수 해남장로까지 낙양에 출두하는 일이 벌어진 것이었다.

　"내, 너의 적이 호남성이라고 들었다. 여기 그 누구도 너의 존재를 미리 알지 못했고, 그것은 그야말로 잠룡이라고 할 수 있겠구나. 하지만 기연이 존재치 않는 이상 너의 무위를 설명할 수 없을 터. 혹 스승의 존함을 알 수 있겠느냐?"

　사실 모든 사람들이 궁금해하는 사항이었을 것이다. 사공이나 속임수 따위가 아닌 순수하며 정련된 잠룡문의 무공 그 자체.

　동시에 일찌감치 벌모세수와 여러 영약의 도움을 받은 장로들의 직계제자들이 한참이나 어린 유겸에게 대패했다는 것은 당최 이해할 수 없는 일이었다.

이론적으로는 유겸의 성장 과정을 설명할 수 있는 방법이 없었기에 자리에 모인 모든 이들은 기연 쪽으로 의견을 정리한 상태였다.

"저희 아버지입니다."

"……."

유겸의 말을 경청하고 있던 장로들은 그 답변에 의아함에 찬 표정을 지었다.

"각원단원 운사유 말인가?"

또 다른 잠룡십존인 호남장로가 말을 이었다.

유겸의 적이 호남성으로 알려지자 최초의 모든 질문은 모두 호남장로에게 집중됐다고 해도 과언이 아니었다.

실제로 운사유가 소속된 각원단의 실질적 상부인 호남 분파의 직임자로 호남장로가 있었기에, 얼마 지나지 않아 유겸의 일거수일투족을 파악할 수 있기도 했다. 덕분에 자연스립게 알게 된 운사유의 무공에 대해서는 일절 언급할 필요가 없었다.

일개 표국의 말단 표주와도 맞먹는 삼류무위를 가진 자가 유겸의 스승이라니?

잠시간의 짧은 침묵이 오갔다.

침묵으로 일관하는 유겸의 태도에 십존은 충분히 곡절이

있으리라고 예상했다.

　잠자코 자리하던 하남장로 율거 도인은 자세를 바로하며 말을 이었다.

　"네게 있어서 잠룡문이란 어떤 의미인 게냐?"

　장로들의 이목이 유겸에게 집중되었다. 사실상 가장 간단하면서도 어려울 수 있는 질문.

　조용히 상황을 방관하고 있던 태신청검 역시 입가에 미소를 지으며 유겸의 대답을 기다렸다.

　곤륜산, 그리고 곤륜파를 생각한다면…….

　무거운 분위기가 장내에 팽창되며 유겸의 답변을 유도하고 있었다.

　유겸의 생각은 오래가지 않았다.

　"제게 잠룡문은……."

　유겸의 시선이 태신청검에게로 향했다.

　"삶의 목적입니다."

第六章
들끓는 강호

감숙성 명사산(鳴沙山).

청해성과 감숙성 경계선에 위치한 명사산은 뾰족하게 솟아 있는 모래산으로 잘 알려진 곳이었다. 주변에 강이 없고 강수량도 많지 않아 사람이 살기에 적합하지 않았지만, 그런 명사산 주위에도 유일하게 사람이 살고 있는 곳이 있었다.

야탑현.

야탑현은 감숙성의 서쪽 관문 역할을 하는 돈황현(敦煌縣)에서 얼마 떨어지지 않은 곳에 위치해 있다. 워낙 우거진 산속에 위치한 마을이었고, 서른 채의 집밖에 존재하지 않았기에 마을이라고 부르기에도 부족한 곳이었다.

"온다."

사람이 살기에는 아무래도 부적합한 곳.

그곳의 정체는 다름 아닌 상도 길목을 노려 노략질을 일삼는 산적들이 머무는 녹림채라 할 수 있었다.

"전방 삼십 장 이내, 스무 명 정도. 상단은 아닌 것 같수다."

허리춤에 찬 곤봉을 바로하며 먹잇감의 숫자를 정찰한 혁수는 이내 자리에 돌아와 매복한 모두에게 알렸다.

"군데군데 찢어진 것 같지만 비단옷을 입은 놈들이라……. 닥치고 털면 분명 이득은 있을 것이다."

"그런데 부상자가 태반인데 이거 너무 치졸하지 않수? 쉽게 끝나는 거에 감사는 한다만."

"우리가 언제부터 먹잇감에 기준을 두었나. 그저 열심히 털면 된다고."

청해성으로 지역 상품을 전달할 수 있는 유일한 길목이 돈황현이었다.

그렇기에 모든 상단은 돈황현을 거쳐가지만, 몇몇 중소 상단은 값비싼 통행세와 관세를 묻는 돈황관저의 새 조항 때문에 편법을 사용하게 됐다.

그것이 바로 길이 나지 않은 곳에 길을 만들어 청해성으로 넘어가는 방법이었다. 정해진 곳으로 가는 정석적인 방법보다 분명 더욱 빠르고 기발했다.

그러다 한 중소 상단의 말단 짐꾼으로 있던 청개가 직접 산적이 되어 상단을 뒤통수치는 사건이 발생했다.

하지만 몇몇 중소 상단은 이러한 소식을 듣지 못했고, 비싼 관세가 부담스러워 편법적인 산행에 올랐다. 그럴 때마다 어디에서 나타났는지 출처 모를 산적들의 약탈로 인해, 오히려 피눈물을 삼키게 되는 상황이 계속된 것이다.

"흐흐, 이게 얼마만인가."

점차 그 사실이 알려져 위험한 산행을 하려는 상단은 없어졌고, 산적들에 대항해 표주무사들을 고용할 바에는 관세와 통행료를 내는 것이 오히려 더 이득있다고 판단을 내렸다. 지금에 와서는 거의 모든 상단이 돈황을 지나는 길목을 택했다.

값비싼 상물을 털어 호화를 누리던 산적들도 뚝 끊긴 수입원으로 그저 발만 동동 구르던 상황. 오랜만에 머잇감이 제 발로 호랑이 굴에 찾아오니 모두들 기뻐할 수밖에 없었다.

점점 가까이 다가오는 행렬을 바라보며 두목 청개는 들고 있던 대검을 바로했다.

"준비해라. 한꺼번에 일망타진한다."

"참아라. 조금만 더 가면 분명 있을 것이다."

하늘이 노랗다.

천운이 따르지 아니하니 이어지는 것은 난국이다. 오율 진인은 거친 숨소리를 토해내며 오른팔에 힘을 더했다.

성한 곳이 없는 팔은 아직까지 검붉은 선혈을 토해내고 있었지만 오율 진인은 표정을 굳히며 발걸음에 힘을 더할 뿐이었다. 오른팔에 매달린 인영의 입에서는 짧은 신음 소리가 계속해서 울렸다.

'무엇이 조금만 더 가면 있다는 것일까?

발걸음을 옮기는 모두가 분명 공통된 생각을 하고 있을 것이다. 희망이 사라지고 도주의 도주를 거듭한 지 어느덧 열다섯 해가 지났다.

무림공적으로 몰려 구파는 물론 이류문, 하류문 할 것 없이 덤벼드니, 피로가 누적되고 노곤함은 극에 달했다.

긴 싸움의 흔적이라도 되듯 여기저기 생겨난 검상에 신음 소리라도 낼 법하건만, 발걸음을 옮기는 도사들은 통증을 참으며 그저 앞으로 나아갈 뿐이었다.

무림맹의 추적, 그리고 도주의 연속.

청해성 악도현(樂都縣)에 새 본산 기지를 세워 후일을 도모했지만, 그것마저 개방에 발각되어 제대로 먹지도, 쉬지도 못한 채 앞만 보고 내달린 지 어느덧 보름이 넘어가고 있었다.

무림맹의 끈질긴 추적은 벗어난 듯싶지만 마른 땅에 선혈을 흘리며 쓰러진 도사들의 숫자만 서른이 넘어간다. 영문도 모른 채 발기발기 찢겨 죽어간 유아 제자들의 숫자는 수백이 넘어섰다.

무너지면 안 될 그들, 문파의 재건을 위해 꼭 필요한 그들이 아무 명분 없이 칼침에 표적이 된 채 죽어나간 것이다.

"대… 대인……."

오율 진인은 자신을 부르는 소리에 고개를 돌렸다. 그의 오른팔에 매달린 도인이 힘겹게 입을 달싹이고 있었다.

헐떡거리는 숨소리. 명이 각에 달했다는 것을 쉽게 눈치챌 수 있는 몰골. 오른손으로 아랫배를 눌러 지혈하고 있지만, 단단히 압박된 천 사이로 이어지는 출혈은 멈출 생각을 하지 않고 있었다.

아랫배는 넝마처럼 난도질되어 있었다. 고통은 삽시간에 극에 이르러 오히려 느껴지지 않았다.

목숨보다 소중한 무공을 잃었다. 그 탓에 삶의 대한 미련이 사라져, 죽어가는 도인을 더욱 비참하게 만들고 있었다.

"내 말하지 않았느냐! 그 입 다물라!"

어디에서 기력이 남아 있는 건지 태산을 쪼갤 것만 같은 포효가 거칠게 산을 울렸다. 피눈물을 쏟는 오율 진인의 모습에 다른 도인들은 고개를 떨어뜨릴 뿐이었다.

"어… 어찌 이곳에서 곤륜산이 느껴지는 겁니까. 지금 이

곳이 곤륜산인 겁니까?"

혹안이 사라진 흰자위. 생명의 끈인 양 오율 진인의 팔뚝을 놓지 않는 염명 도인의 모습에서 점점 생기가 사라지고 있었다.

두근!

염명 도인의 심장 박동이 마지막 질주를 하듯 급작스럽게 뛰었다.

하지만,

"……"

이내 절명한 염명 도인의 모습에 오율 진인의 어깨는 더욱 무거워질 뿐이었다. 가슴을 울리는 염명 도인의 마지막 한마디.

이제는 곤륜장로로서 홀로 남았다는 사실에 몰려오는 중압감은 이루 말할 수 없었다.

또 한 명의 도인을 보내며 오율 진인은 오히려 더 마음을 가다듬었다. 고작 한 문파의 선동으로 모든 것이 결정되는 강호의 다사와 흐름.

그 꼭대기에 존재하는 잠룡문.

"잠룡문!"

오율 진인은 포효하며 일갈했다.

어디서부터 잘못된 것이고 언제부터 무너지기 시작한 것

인지, 오율 진인은 낙엽처럼 힘없이 무너져 내리는 곤륜파의 모습을 떠올리면서 모든 발단이 되는 잠룡문을 다시금 상기했다.

무차별한 칼침에 목숨을 잃어가던 수많은 제자의 신음 소리와 수백 년 명맥이 살아 숨쉬는 곤륜산을 마음대로 짓밟은 잠룡문도들.

악귀 같은 그들의 발걸음에 무너진 타 문파들의 모습이 하나둘씩 오율 진인의 머릿속에 그려졌다.

그리고 곤륜파…….

감히 본 파의 멸문을 목적으로 학살을 일삼은 잠룡문의 끝에는 무엇이 있을지 오율 진인은 너무나도 궁금했고, 계속되는 비참한 현실에 탄식했다.

오율 진인은 모든 고통과 멍에를 힘겹게 삼키며 앞으로 발걸음을 계속했다.

그렇게 얼마나 지났을까?

"서른…….""

투심으로 무장된 다수의 기운이 감지되었다. 오랜 도주로 몸은 지칠지언정 수만 근으로 느껴지는 적들의 살기와 기척마저 지나칠 오율 진인이 아니었다.

그의 정신은 어느 때보다 맑았다.

오율 진인 자신을 포함해 곤륜파 도인들은 모두 스물. 수많은 교전으로 병기를 잃고 절반이 부상을 입었지만 야산 산적 떼를 상대로는 수백 명이 몰려와도 문제없다고 장담할 수 있었다.

느껴지는 투심은 절대 강호인의 것이 아니었기 때문이기도 했다.

구파, 이류문, 하류문, 동시에 거들떠보지도 않았던 산적의 등장이라니…….

오율 진인은 몸을 떨며 진정으로 탄식했다.

"초혼당주 웅사남."

"예……."

"산적이 되어본 적 있나?"

"……?"

의미를 파악할 수 없는 오율 진인의 말에 웅사남은 어떠한 답변도 내놓을 수 없었다.

"곤륜산의 제자들이여, 산적이 되어본 적 있나?"

오율 진인은 말을 이음과 동시에 앞으로 발걸음을 옮겼다.

묵묵히 오율 진인을 따르는 열아홉의 도가검수는 얼마 지나지 않아 그의 말을 해석할 수 있었다. 점점 조금 더 가까워진 산적들의 투심이 느껴졌다.

무너지는 곤륜산, 그리고 재건에 대한 강한 열망.

절망 속에서 다시금 청사진이 그들의 가슴속에 그려졌고,

그것을 위해 어떤 고난도 감당할 수 있다는 다짐이 머릿속에 각인되었다.

오율 진인은 손바닥에 모든 내력을 집중하며 훗날을 그리기 시작했다. 그 자리에 있는 모든 도가검수들 역시 마찬가지였다.

그들의 입이 약속이나 한 듯 열렸다.

“문주님…….”

＊　　　＊　　　＊

지난 한 해 동안 강호를 떠들썩하게 만들었던 사건이 있다면 당연 오랜 칩거 생활을 끝내고 강호에 얼굴을 다시 드러낸 잠룡문주 태신청검의 이야기일 것이다.

십존에 의해 모든 것이 이루어지던, 칩거 중이었던 과거와는 다르게 태신청검은 수면 위로 급부승함과 동시에 무림맹의 기강을 다시 세우는 작업에 집중했다.

수어 번의 잠룡회의를 거쳐 통과된 안건과 각 범파장로를 통해 들어오는 크고 작은 일들을 주제로 정의협객전이 펼쳐졌고, 태신청검은 그 결정권을 가지고 있었다.

모든 문파는 가히 태신청검의 모든 것을 주시하고 있다고 보아도 거짓이 아니었다.

그의 행동 하나하나에 탄식과 안도가 갈렸으며, 일문이 무너지고 일문이 살아나는 재미있는 광경이 계속되었다.

그리고.

무림맹주로서의 모습을 제외하고는 별다른 특이사항을 발견할 수 없는 태신청검에게 첫 번째이자 마지막인 직계제자가 생겼다는 것은 강호의 큰 화제가 되고 있었다.

적막감이 느껴지는 장원. 잠룡본산의 화남각이었다.

우아한 자태로 서로를 마주 보던 두 인영은 적월검을 교차하며 빈틈을 노리고 있었다.

가볍게 육 척이 넘어가는, 우아한 검초의 곡선을 그리는 인영. 이에 맞서 싸우는 상대는 너무나도 어린 나이였다.

하지만 매섭게 이어지는 사내의 공격은 단 한 치의 주저함도 없었다.

쩌엉—

물이 흐르듯 이어지는 유쾌한 검초는 전인미답의 경지였다. 검과 몸이 하나가 된 듯 한 합이 허초였고 변초였다. 일검이 지나갈수록 무게감이 중첩되며 상대방을 찍어눌렀다.

그러나 어린 인영은 오히려 그 상황을 즐기는 듯 두 다리를 빠르게 움직여 막아내고 공격하는 데 주력했다.

퍼억—

은연중에 드러난 짧은 허점을 놓치지 않고, 검두로 복부를 공격한 사내는 내친김에 무너지는 어린 상대를 향해 각법까지 차올렸다.

명치에 정확히 꽂힌 듯 바닥에 무너져 내리며 거친 숨을 몰아 내쉬는 어린 제자의 눈에는 독기가 담겨져 있었다.

"일검에 목숨을 담고 일합에 신념을 담아라. 하나라도 잊게 된다면 그 싸움은 너의 패배다. 다시 일어서라!"

"헉… 헉! 예, 스승님."

이제 열 살이 되었을까? 아니, 아직 그보다 어려 보였다.

이를 악물며 청의사내의 앞에 선 어린 인영은 다름 아닌 유겸이었다.

철저한 자기 관리와 혹독한 수련.

어째서 태신청검이 최고의 자리에 올라와 있는지 잘 알 수 있었다.

잠룡문도의 표식을 얻고 태신청검의 유일한 제자가 되면서 시작된 엄청난 양의 수련.

병법과 암수, 심법과 수법을 기본으로, 강호의 모든 지식을 주입받는 혹독한 수련이 계속되었다.

수련에서의 엄한 모습을 제외하고는 평상시의 얼굴을 보여주지 않는 태신청검이었다.

잠룡문도가 되고, 천하제일인이라고 불리는 태신청검의

유일한 제자가 되어도 유겸에게 허락되는 공간은 오직 사찰 외곽에 위치한 전각과 그에 딸린 장원 화남각 하나가 전부였다.

외로움의 연속.

하루 일과로 인해 매일 유겸을 찾는 태신청검을 제외하고는 외부와 접촉할 수 있는 기회는 주어지지 않는다.

오직 수련과 수련.

뼈를 깎는 수련 속에서 살아남을 수 있느냐 없느냐가 앞으로의 모든 상황을 결정한다는 듯 태신청검은 가르침 하나하나에 모든 것을 쏟아붓고 있었다.

물론 유겸도 그에 응하듯 전력을 다해 가르침을 흡수했다.

가르치는 스승과 배우는 제자가 상호를 십분 공경하니, 시간은 오히려 반절이 된 듯 빠르게 흘러갔다.

백절불굴.

수없이 꺾여도 굽히지 않는 자세는 지독한 외로움 속에서도 혹독한 수련이 유일한 유겸의 동무와 가족이 되게 만들었으며,

분골쇄신.

이어지는 고난과 하염없이 상기되는 목표 의식 속에 유겸은 뼈가 가루가 될 정도로 노력했고,

사자분신.

그러할수록 유겸은 철저히 잠룡문도가 되어가고 있었다.

계절이 바뀌어갈수록 유겸은 한층 성장하여 시시한 감정 소비가 없어졌고, 목적의식만이 명확히 자리했다. 냉철한 판단만이 가슴속에 존재하고 있었다.

철저한 자기관리와 끝없는 수련으로 성장한 유겸.

뒷짐을 진 채 나직이 유겸을 바라보는 태신청검의 눈동자에도 활화산이 타오르고 있었다.

그렇게 유겸은 태신청검을 마주했다.

칠 년 후…….

난공불락이었다.

사각에서 이어지는 태신청검의 공격은 여전히 믿을 수 없을 정도였다.

연신 공격을 허락하고도 무너지지 않는 유겸은 제법 성장했다고 볼 수 있었지만, 태신청검의 표정엔 만족감이 어려 있지 않았다.

신음 소리조차 내뱉지 않았다. 수년째 이어진 거듭되는 수련에 정확히 얼마나 날짜가 지났는지도 유겸은 계산되지 않았다.

반복되는 수련 속에 지칠 만도, 지루할 만도 하건만 태신청검은 거목처럼 초심이었다.

깨달음…….

유겸에게 가장 필요한 것은 깨달음이었다.

무섭게 성장하는 육체의 능력에 반해 정체를 보이는 내력
은 칠 년이라는 시간이 흘렀어도 변함이 없었다.

일류 극.

절정의 무위에 오르기 위해서는 깨달음이 필요했다.

비 오듯이 내리는 엄청난 검의 공세에 유겸은 계속해서 심
신을 바로 한다.

첫 합을 막아내고, 두 번째 합을 흘려내며, 몸을 돌려 세 번
째 합을 마주할 때는 착지한 유겸의 몸을 매서운 검격이 강타
한다.

무릎을 꿇지만 검신을 꽂아 한쪽 무릎만으로 버티는 행위
는 유겸에게 있어서 마지막 자존심이었다.

태신청검은 여유를 주지 않았다.

곧바로 검신을 들어올려 다음 합을 준비하는 태신청검은
무너진 유겸을 재촉하고 있었다.

또다시 첫 번째 합을 피해내며 두 번째 합을 흘렸다.

눈으로 읽을 수 없는 사각, 그것도 어떤 위치에서 날아들지
모르는 다음 공격.

전방위의 검로가 빠른 속도로 유겸의 머릿속에서 재구성
되었다. 하지만 정확히 어떤 방위로 태신청검의 검이 날아들

지 예상할 수 없었다.

시간이 없었다.

문주님…….

유겸은 화들짝 놀라 뒤를 돌아보았다. 전혀 예상치 못한 각도, 그곳엔 태신청검이 있었다.

자신의 검초를 처음으로 정확히 읽어낸 유겸의 반응에 태신청검은 처음으로 놀라움을 표시했다.

유겸의 눈에는 태신청검의 검이 가슴팍으로 날아드는 것이 보였다.

그것도 아주 느리게.

수평으로 검면을 들어 바깥쪽에서 큰 낙차 각으로 태신청검의 검을 내리찍은 유겸은 다리에서부터 이어지는 반동을 이용해 검풍을 시전했다.

이 모든 과정이 찰나에 벌어진 것이었기에, 태신청검 역시 두 손을 사용해 유겸의 공격을 막아낼 수밖에 없었다.

코와 귀에서 출혈이 소나기처럼 뿜어져 내리며 온몸이 제어에서 벗어났다.

무릎이 풀리고 시야가 네 갈래로 나뉘었지만 무너지는 유겸의 얼굴에는 웃음이 만개했다.

절정…….

태신청검의 만족스러운 눈빛을 시야에 담으며 유겸은 정신을 잃었다.

순수한 깨달음으로 얻게 된 절정의 경지.

끊임없이 이어지는 만족감과 해탈감에 잠시라도 여유를 부릴 만하지만, 한층 강도 있는 어려운 수련이 이튿날 바로 시작되었다.

어김없이 시간에 맞춰 유겸을 찾은 태신청검은 유겸의 성장을 만족하는 눈초리로 바라보다 또 다른 경지를 재촉했다.

"잠룡여섬검법은 힘과 기교가 아닌 오직 순수한 내력으로 전개해 나가는 검법이다. 물론 검수의 장대함이 기반이 되는 검법이지만 뒷받침해 주는 내공이 부족하다면 잠룡여섬검법의 시전은 불가능에 가깝다."

내공의 주천이 원활하게 이루어지지 않는다면 잠룡여섬검법은 시전할 수 없다는 말이었다.

태신청검은 적월검에 손을 얹으며 정신을 집중했다.

우아한 검무가 장내를 수놓았다. 그림과도 같은 아름다운 검수는 잠룡여섬검법의 기본이 되는 그것이었다.

펼쳐지는 강기, 그리고 쏜살같이 갈라지는 쾌검은 절정의 검무임을 뜻했다.

앞으로 최절정에 이르는 건 시간 문제였다. 깨달음이 반복된다면, 이미 한 번 지나간 길을 다시 가는 것은 유겸에게 있어서 어떤 일보다 쉬웠고, 과거의 경지를 돌아보는 입장에서도 즐거움이 남달랐다.

"검초를 지르는 데 있어서 가장 중요한 점은 정교함이다. 단 한 치의 오차가 곧 상대의 생명을 거둘 수 있느냐 없느냐와 직결되는 것이다. 단칼에 승기를 잡으며 상대에게 틈과 변수를 주지 않는 것이 가장 매끄럽고 완벽한 검수다."

하나하나 이어지는 태신청검의 조언은 피와 살이 되는 것이었다. 그러한 사실을 이미 알고 있는 유겸은 다시금 복습의 과정을 밟고 있었다.

수련 시간을 제외하면 사사로운 잡담이 없었다. 수련에 집중하는 유겸의 태도와 성향이 한몫했고, 태신청검 역시 가르침을 제외한 접촉은 없었다.

"왜 강해지려고 하지?"

흘러내리는 땀방울을 닦아내며 검에 체중을 기대고 있던 유겸에게 태신청검이 물었다.

지난 칠 년 동안 단 한차례도 없었던 대화가 태신청검으로부터 시작된 것이다.

유겸은 기계적으로 대답했다.

"최고의 잠룡문도가 되기 위해서입니다."

"최고의 잠룡문도가 된 이후는? 그다음엔 무엇을 위해 적월검을 들 텐가?"

예상치 못한 질문. 어떤 대답이 어울릴지 유겸은 또다시 생각하게 되었다.

물론 이유를 파헤칠 것이다. 어째서 곤륜산을 짓밟았으며 왜 공격을 했는지……. 거기다 태신청검의 절대적 힘의 출처까지도.

그러나 유겸은 작게 답했다.

"따로 생각해 본 적이 없습니다……."

태신청검은 뒷짐을 지며 짧게 대화를 정리했다.

"……네가 어떤 목적을 가지고 있는지는 모르지만, 훗날 목적을 이루기 전에 그 대상이 사라진다면 어떻게 하겠느냐?"

쓸쓸함이 느껴지는 태신청검의 말이었다.

하지만 유겸은 태신청검이 만족할 만한 답변을 내놓을 수가 없었다.

"……."

"싱거운 녀석이로구나."

그런 일은 없을 것이다. 적어도 근 시일 내에 잠룡문이 사라질 리는 없을 테니까.

아무런 대답도 못하는 유겸의 모습에 태신청검은 너털웃

음을 지으며 적월검을 검집에 갈무리했다.

수련이 끝난 것은 아니었다.

바람을 타는 가벼운 발걸음으로 누군가가 기척없이 전각
에 들어선 것이다.

"무슨 일이냐?"

좌적검 여준환. 그가 조금은 다급한 눈초리로 태신청검을
바라보고 있었다.

*　　　*　　　*

섬서성 서안현(西安縣).

잠룡문 섬서 분파가 위치해 있는 곳으로 더 유명한 시인은
섬서성 최대의 상도로 평가되는 곳이었다.

동시에 근교 여산에 있는 화청지(華淸池)를 비롯, 대안탑(大
雁塔)과 소안탑(小雁塔) 및 진시황릉으로 이어지는 주변 경색
과 유적지가 있어, 나라의 관이 밀집하여 유동 인구가 많아
중원 내에서 가장 살기 좋기로 알려진 곳이었다.

무림맹과 주변 오대성을 한 번의 상권 다툼과 문파 대전으
로 휘어잡은 잠룡문은 일찍이 섬서성의 상권을 몇 배로 확장
시키는 일에 초점을 맞추었다.

그렇기에 섬서 분파는 하남성 숭산의 잠룡본산보다 규모

면에서, 인구 면에서 오히려 압도적인 차이를 보이고 있었다.

섬서성주 을백 지인(乙帛智人).

잠룡십존 끝자락에 머물고 있지만 상업적인 재량과 사람을 부리는 데 특별한 능력을 지니고 있다는 평가로 더욱 유명하다.

이립에 이르지 않은 어린 나이에도 불구하고 그 능력을 인정받아 섬서성의 최초 분파 성주로 임명되었고, 그에 합당한 영광을 누리고 있었다.

"……?"

관저에 머물러 하루의 수급을 책자에 기록하고 있던 을백 지인은 바깥에서 느껴지는 이상한 낌새에 자리에서 일어섰다.

붓 대신 각대에 오랫동안 머물러서 먼지가 쌓여 있는 적월검을 갈무리한 을백 지인은 낮게 호흡하며 복도로 나갔다.

복도에 서자 확연히 느낄 수 있었다. 전투에서나 느낄 수 있는 살심과 투기. 하지만 시끄럽지 않은 고요함.

이런 분위기에도 바깥에서는 아무런 알림이 없으니 을백 지인은 처음으로 이상함을 느낄 수밖에 없었다.

그리고 이어지는 혈향…….

비릿한 냄새가 복도에 떠다니며 불길한 예감을 선사했다. 쉽게 넘길 상황이 아니라는 것을 짐작한 을백 지인은 한달음에 바깥에 나가 상황을 살폈다.

장원과 섬서각을 지키는 문도들이 검붉은 피를 한 아름 흘린 채 여기저기에 쓰러져 있었다.

신음을 토해내는 자도 없었다.

그저 깨끗이 절명한 채 쓰러져 있는 무사들의 모습에 을백 지인은 주위를 살폈다.

퍼엉—

약속이라도 한 듯 엄청난 수공이 을백 지인의 몸을 강타했다. 재빠르게 검신을 가져가며 철포삼(鐵布衫)을 시전했지만 문제는 다음에 있었다.

"쿨럭."

피를 한 움큼 뱉어낸 을백 지인은 자신을 덮친 수공이 고위의 내가중수법이라는 것을 단번에 짐작할 수 있었다.

혈맥이 마비되고 근육이 풀리는 어처구니없는 상황.

몸을 추스르기도 전에 또다시 공격이 이어졌다.

몇 번의 공격을 막아내기도 전에 온몸이 만신창이가 되었다. 점혈을 당한 양 거듭 굳어가는 반사 신경과 해이해지는 정신을 바로잡기 위해 을백 지인은 큰 소리로 외쳤다.

"내 비록 무공 성취가 낮을지언정 내가중수법에 이은 점혈 수공 격공장을 사용하는 소림의 무위를 모른다고 생각하는 것이냐!"

을백 지인의 외침에 장내는 잠시간 소강상태를 맞았다. 이내 죽립을 쓴 수십 명의 사내가 장원에 들어섰다.

당황한 죽립인들의 등장. 을백 지인은 검으로 땅을 짚으며 균형을 잡았다.

그의 예상대로, 모습을 드러낸 존재들은 다름 아닌 소림사의 승려들이었다.

을백 지인의 말을 귀담아듣고 있던 한 인영이 죽립을 벗었다.

"팔대호원(八大護院) 감원(監院) 여반대승(旅潘大僧)……."

소림의 팔대호원이라 하면 방장을 수호하는 여덟 명의 호법을 뜻한다.

동시에 여반대승이라 하면 감원 권법과 수공에서는 이를 경지가 더 이상 없다고도 알려진, 팔대호원의 수장이자 실질적인 소림승찬의 후계였다.

을백 지인은 어렵게 일어서며 외쳤다.

"어찌! 어찌하여 소림이 어리석은 살겁을 저지르는 것이냐? 후환이 두렵지 않은 것이냐!"

잠자코 을백 지인을 바라보고 있던 여반대승 역시 앞으로 나서며 을백 지인을 바라보았다.

"진정 잠룡이야말로 후환이 두렵지 않으며 하늘의 심판이 두렵지 않은 것이냐?"

"뭐라?"

"하늘의 별이 셀 수 없으나, 하나의 별이 천계의 기반을 흐리니 질서는 사장되며 소란은 끝이 없구나."

"닥쳐라!"

"소림의 것을 돌려받기 위해서 왔다."

"뭐?"

권승들의 손에 외공이 스며드니, 소림오권으로 단련된 승려들의 근육이 수축되었다. 부드럽게 이어지는 수공은 소림 승려들이 자랑하는 그것이었다.

격노한 듯 싸늘히 굳어진 소림 승려들의 표정에서는 단 한 치의 자비심도 보이지 않고 있었다.

소림 절기 수공 관음청강수(觀音靑剛手)에 이은 내가중수법.

약할 경우 사람의 모든 내장을 체내 안에서 터뜨리고, 나쁠 경우 내관뿐만 아닌 외관마저도 형체 없이 기화하게 만든다는 소림유성수공 극단공의 초식이 을백 지인을 향했다.

"섬!"

을백 지인은 거리낌없이 닥쳐오는 빛나는 섬법에 손바닥으로 정면을 가려보지만, 다가오는 공격은 눈이 부실 정도로 아름다웠다.

잠룡문을 향한 소림사의 예상치 못한 급습은 강호에 큰 파장을 가지고 왔다.

쌍방 일천이 부딪친 섬서 관저에서의 전투는 수백 명의 잠룡문도가 속수무책으로 대패했다고 전해졌다. 수많은 잠룡문도들이 목숨을 잃은 채로 발견되었고, 섬서관주 을백 지인의 시체는 목이 잘린 모습으로 손톱 하나 남김없이 비참한 최후를 맞이했다고 온 중원 전체로 알려졌다.

오래전 잠룡문의 등장으로 숭산 소림모찰을 잠룡문에게 빼앗긴 이후 분파가 있는 섬서성 서안으로 피눈물을 흘리며 떠나야 했던 소림사.

지난날의 씻을 수 없는 치욕을 되갚기 위해 쌓아왔던 분노를 터뜨리며 잠룡문에게 기습적으로 선전포고를 한 그들의 행위는 다소 영웅적인 모습으로 비추어지고 있었다.

빼앗긴 것을 다시금 되찾아오겠다는 신념.

그렇게 동이 트고 날이 밝았다.

처참한 전투 결과가 을백 지인의 목과 함께 낙양대관 앞에 모습을 드러냈다.

팔대호원은 두 개 조로 나뉘어 섬서성 일대의 잠룡문의 모든 상도를 파괴하며 전진하는 데 이른다.

때 아닌 두 문파의 일성을 흔드는 싸움에 섬서성의 모든 사람들은 혼란에 빠질 수밖에 없었다.

무려 닷새나 이어진 소림사의 총공세에 잠룡 분파는 초토화되었다. 동시에 현 잠룡문의 독점적인 행위에 부정적인 마음을 품고 있던 이류문과 사문들이 일어나니, 섬서성은 금세 무법지대로 변질될 수밖에 없었다.

창과 칼이 비산하고, 척살되는 잠룡문도의 시체로 섬서성은 지옥도의 형상을 띠었다.

동시에 잠룡문이 수세에 몰리자 일류문에 속하는 방파들이 소림사의 뒤를 봐주면서, 잠룡문을 향한 섬서성 내에서의 반목은 극에 이르게 되었다.

소림사의 사활을 건, 동귀어진에 가까운 격전에 화산파와 종남파가 후일을 함께 도모하기 위한 장로회의를 소집할 가능성을 열어두었지만, 이내 모든 상황을 반전시키는 폭풍이 섬서성에 나타난다.

바로 잠룡문주 태신청검이었다.

그는 장로회의를 위해 하남에 미물고 있던 세 명의 잠룡십존을 대동하여 섬서성에 당도했고, 함께한 잠룡문주 직속 상위대대 어전검대(圍戰劍隊) 이백 명이 쌍수검을 발검한 채 진압을 시작했다.

그들이 쓸고 간 자리에는 반기를 든 사문 무사들의 뼛가루조차 남지 않았다.

그렇게 상황은 빠른 시간에 정리됐다.

잠룡문은 서안을 기점으로 섬서성 전역에 퍼진 폭동을 잠재우기 위하여 두 방향으로 파도처럼 진출했다.

결국 소림사의 급습이 시작된 지 정확히 열흘이라는 짧은 시간만에 섬서성의 모든 반기를 일망타진하는, 믿을 수 없는 결과를 만들어낸다.

그리고 끝으로, 잠룡문은 섬서관저를 사이에 둔 채 소림사 감원 여반대승이 이끄는 일백 명의 소림권승과 조우하게 되었다.

第七章
소림사

"수련을 게을리 하지 말 것이다."

단 한 번도 끊이지 않았던 태신청검의 발걸음이 짧은 몇 마디의 말과 함께 끊겼다.

태신청검이 없어도 지금까지 유겸이 지켜온 하루 일과는 변함없이 계속되었다.

단지 함께 합을 나눌 상대가 없기에 실전 검술 훈련이 제외되었을 뿐, 유겸의 하루 일과는 마치 태신청검이 옆에 있는 것과도 같았다.

그 와중에 화남각 바깥으로 나가본 경험은 여전히 단 한차

레도 없었다. 장원 안에 지어진 사랑채에는 대궐과도 같은 아늑한 장소가 있었고, 혼자 생활하기에는 전혀 부족함이 없었다. 유겸은 대체적으로 만족스러운 생활을 할 수 있었다.

"……."

태신청검이 자리를 비운 지 어림잡아 닷새라는 시간이 흘렀을 때다. 유겸은 운공조식을 끝마치고 자리에서 일어났다.

그날따라 전반적으로 주변 기운이 뒤숭숭했다. 전각에 바깥소식을 전하는 사당 단원의 발길이 이틀 전 기별없이 뚝 끊겼고, 을씨년스러운 분위기만 감도니 유겸은 장원 바깥을 계속해서 신경 쓸 수밖에 없었다.

끼이익—

바깥으로 따로 나가지 말라는 언질도 없었고, 주기적인 숙식의 배급도 며칠 전부터 끊겼기에 변명거리는 충분했다.

유겸은 증폭된 궁금증을 참지 못하고 전각을 나섰다.

직접 모든 곳을 밟지는 못했지만 지난 일백 년의 세월 동안 중원 각지의 명소를 화폭에 담으며 소일한 적이 있는 유겸이다.

덕분에 한때 소림모찰로 불렸던 잠룡본산도 예외는 아니었다.

태신청검의 직계제자로 임명되던 날 그의 뒤를 밟으며 유겸은 전각으로 오는 거리를 얼추 계산했다. 그래서 현재 위치

한 화남각이 동쪽 외곽에 위치해 있다는 것을 어렵지 않게 알
아낼 수 있었다.

"역시……."

문제는 유겸이 바깥으로 나서 얼마간 모찰의 중심부가 되
는 서쪽으로 발걸음을 옮겼을 때다.

깔끔하게 공격받아 검상이나 외상없이 절명한 수많은 잠
룡문도들의 시체가 있었다. 유겸은 재빨리 주변을 살폈다.

무릎 꿇어 혈맥을 짚어보니 고위의 내가중수법에 의한 수
공이 죽음의 원인이었다.

"소림……."

원인이 되는 무공의 출처는 금방 알 수 있었다.

유겸은 그에 따른 상황을 파악하기 위해 생각에 잠겼다.

단순히 보이는 걸로 따지게 된다면 잠룡본산 내부에 소림
사가 잠입한 것이 가장 설득력있는 판단이었다.

유겸은 허리춤의 적월검을 발검하면서 낮은 숨을 골랐다.

하지만 유겸은 어째서 소림사가 잠룡문을 향해 칼을 빼 들
었는지 정확히 파악할 수 없었다.

눈을 감아 온 정신을 집중하니 강기가 불완전하게 집합되
어 있는 방향을 찾을 수 있었다.

"서쪽, 태사첨탑의 중심."

유겸은 혹시라도 주변에 산개해 있을 법한 위험성을 고려

하고 서쪽으로 몸을 날렸다.

　삼만 평에 달하는 위용답게 태사첨탑으로 향하는 길이 너무나도 길게 느껴졌지만 유겸의 발걸음은 거침없었다.

　앞으로 발걸음을 옮기는 동안 추풍낙엽처럼 쓰러져 있는 잠룡문도들의 주검을 발견하면서, 유겸의 생각은 하나로 귀결되었다.

　정확한 곡절은 듣지 않았지만 태신청검과 여준환의 대화에서 어느 정도 낌새를 눈치챌 수 있었다.

　태신청검이 부재하자마자 소림사의 공격이 시작되었다?

　모든 전모를 단번에 파악하기는 힘들었다. 하지만 지금 벌어진 상황을 놓고 짧게 추측했을 때, 소림사는 잠룡문의 시선을 잠시나마 다른 곳으로 돌리고, 그 틈을 타 전혀 예상치 못한 본산을 습격한 것이다.

　'돌려받기 위함인가……'

　구파 중 잠룡문의 직접적인 간섭을 받지 않은 문파는 몇 없었지만, 잠룡문의 오대강파 입성에 이어 소림사는 많은 피해를 입은 문파 중 하나였다.

　천년 이상의 역사를 자랑하는 본산을 타문의 거친 압박 속에 피눈물 흘리며 내줄 수밖에 없었던 심정.

　유겸은 그 누구보다도 그 멍에를 잘 이해할 수 있었다.

　얼마쯤 걸었을까.

멀지 않은 곳에서 일단의 시체들이 모습을 드러내었다.

그곳에는 가슴부터 아랫배까지 길게 베인 검상이 난 채 차가운 대지 위에 쓰러진 소림 승려들이었다. 가까이 다가가 살피니 이내 절명했다는 것을 알 수 있었다.

승려들뿐만이 아니라 잠룡문도들의 시체들도 있었다.

전원 서른. 바닥에 피를 뿌리며 죽어간 청람검전 무사들의 상태를 살피자니 얼마만큼 소림 승려들의 투심이 격렬했는지 쉽사리 예상할 수 있었다.

그 뒤편으로, 기둥 옆에 간신히 운신한 채 절명한 동료 무사들을 바라보던 잠룡문도의 모습이 보였다.

절반이 동강난, 이가 빠진 청엽검을 오른손에 쥔 채 힘겹게 버티고 있던 잠룡문도.

유겸은 그가 잠룡문주 직속 하위대대인 청랑검전의 무사임을 알 수 있었다.

"어떻게 된 겁니까?"

목숨이 각에 달한 듯 헐떡거리는 숨소리를 내뱉고 있던 청랑검전 무사, 문원은 눈을 뜨며 유겸을 바라보았다.

"본산 문도인가? 쿨럭! 서쪽으로 갈 생각인가……?"

"……."

문원은 힘겹게 숨을 내쉬며 말을 이었다.

"용케도 살아남았군……. 하지만 목숨을 부지하고 싶으면 서쪽은 생각하지 않는 것이 좋아…… 쿨럭.”

바닥으로 향하는 고개, 그리고 무너지는 몸.

뜬눈으로 절명하는 무사의 눈을 감겨주며 유겸은 거듭 서쪽을 바라보았다.

“도대체 무슨 일이…….”

＊　　＊　　＊

한편 서안 관저를 사이에 둔 채 소림사와 잠룡문 간의 본격적인 싸움이 소리없이 시작되었다.

관저 전체를 가득 메운 쌍방의 군세가 부딪치니 상황은 금세 난전의 형태를 띠었다.

사활을 걸어 동귀어진하는 소림사의 팔대호원과 그들을 따르는 소림권승들은 압도적인 패기 아래 잠룡문도들을 도륙해 나갔다. 어전검대는 흐름을 내주며 불리한 싸움을 이어나갔다.

하지만 상황을 추스른 그들은 점차 소림사의 공격을 봉쇄하기 시작했고, 수적 우세와 함께 거칠게 밀어붙였다.

과연 차륜전의 귀재라고 불리는 어전검대였다. 귀신같은 합공으로 소림사의 한 축을 무너뜨리며 그들은 거침없이 발걸음을 옮겨 나갔다.

수적 열세를 비롯한 전력의 열세.

단순한 시간 끌기를 목적으로 지역 방어를 하던 소림권승들은 빈 공간을 정확히 비집고 들어오는 어전검대에 목을 내주며 쓰러졌다.

마지막까지 자리를 지키며 무서운 수공으로 어전검대와 호각을 다투던 팔대호원 역시 한 명 한 명 무너지며 싸움은 종극을 향해 달리고 있었다.

"잠룡문주 태신청검!"

강호 최고의 고수들이 집결한 어전검대일지라도 백여 명의 소림권승이 악전고투하며 필살 수공을 펼쳤기에 그에 따른 손실은 이루 말할 것이 없었다.

호수 같은 눈동자로 어전검대의 피해를 살피며 앞으로 나아간 태신청검은 홀로 남아 자신의 이름을 크게 외치는 감원 여반대승을 바라보았다.

이틀의 소비.

전력 바깥에서 방관하던 태신청검 역시 싸움에 끼어들 정도로 쉽사리 끝낼 수 없던 소림사의 저항이었다.

그렇기에 죽어간 어전검대의 숫자도 상상 이상으로 많았고, 태신청검은 분노할 수밖에 없었다.

"진정 명을 재촉하는구나."

태신청검은 묵묵히 허리춤에 있는 적월검을 발검하며 여

반대승이 자리한 곳으로 발걸음을 차분히 옮겼다.

"천 년 소림 역사를 양단하며 스스로가 강호 정점이라 천거하는 네놈의 오만방자함이 천상불가의 심판을 받겠구나. 내 진실을 왜곡하고 중원 무림의 질서를 파천하는 네놈의 목을 오늘 가져가겠다!"

여반대승의 외침이 장내를 갈랐다.

지나치게 도발적인 망언에 어전검대의 무사 중 여럿이 발검하며 도약하려 했지만 태신청검은 한 팔을 들어 제지했다.

그 순간 여반대승의 두 손이 교차하며 장원을 눈부시게 밝히는 섬법이 폭사되었다.

천진공(天眞功).

인간의 몸에 잠재되어 있다는 진원진기를 발현시키는 불가 무학의 심법 중 하나였다.

거듭되는 수련과 내력의 주천으로 쌓는 내공과는 다르게 진원진기라 하면 그 속성을 달리한다.

마땅한 통찰력과 깨달음이 있다면 얼마든지 통제가 가능한 불가사의한 힘인 것이다.

"소림역심(少林力心) 만천구공열(卍遷九功裂) 사찬환(社簒煥)."

여반대승은 구결을 외우며 양손을 들어 올렸다.

소림사 최대 절기 소림역심.

가진 공력의 수 배 이상의 공력을 운용할 수 있다는 달마권 법 극공.

가루도 남기지 않고 대상을 기화시킨다는 절대 무공 만천 구공열을 비롯해 달마역근공 극단 초식인 사찬환을 함께 시전하며 여반대승은 가지고 있는 모든 내공을 증폭시켰다.

땅이 갈라지며 하늘이 요동쳤다. 일 합에 모든 것을 걸겠다는 여반대승의 각오가 여실히 느껴졌다.

삶에 대한 여욕은 더 이상 남아 있지 않다는 듯 여반대승은 개의치 않고 단전의 중단과 상단을 동시에 거침없이 열어 젖혔다.

귀를 강하게 때리는 영물의 울음소리 같은 파공음이 장내를 강타했다.

금방이라도 태신청검을 향해 달려들 듯한 기세에 비해, 정작 대상이 되는 태신청검은 호수같이 잠잠한 분위기로 여반대승을 노려볼 뿐이었다.

"갈!"

태신청검이 기합과 함께 내력을 폭주시킨 것은 그때였다.

양팔에 소림 최대 절기를 시전하며 금리도천파(金鯉倒千波)를 밟은 여반대승은 기세를 몰아 하늘을 훨훨 날며 태신청검의 앞으로 도약했다.

"잠룡검(潛龍劍) 극공팔엽여총(極功捌燁麗銃)."

적월검을 바스러져라 치켜세우며 잠룡 최대 절기 극공팔엽여총을 시전한 태신청검의 몸에 기막이 겹겹이 생성되며 검기와 함께 눈부신 광경을 선사했다.

진정한 고수들의 싸움.

단 일 합을 위한 도움닫기가 길게 느껴질 만도 하건만, 이모든 것이 찰나에 벌어진 광경임을 장내에 모여 있는 사람들 전원이 증명하고 있었다.

추악차차차차차차—

귀 따가운 병장기의 공명음.

시야를 벗어나 하늘을 훨훨 난 두 고수는 단 한 번의 절기를 교환했다.

꽈앙—

이어진 폭풍에 먼지가 자욱이 솟아났다. 아쉬움을 뒤로한 채 바닥에 착지한 두 인영은 짧은 시간이 흐른 뒤 먼지구름 사이에서 모습을 드러내었다.

태신청검의 다문 입 사이로 짧은 선혈이 흘러내렸다. 이에 장내에 모여 있던 모두는 놀란 눈을 감출 수가 없었다.

"하하하하!"

동시에 광소를 터뜨리며 태신청검을 응시한 여반대승의 행동에 어전검대 전원은 화들짝 놀랄 수밖에 없었다. 그들은 바쁜 눈초리로 태신청검의 모습을 살폈다.

검을 축 늘어뜨리고 움직이지 않는 태신청검의 모습에 어전검대 전원은 이내 적월검을 발검하며 도약을 준비했다.

하지만 곧이어 여반대승의 몸이 무너지자, 상황을 이해하고 행동을 멈췄다.

여반대승의 패.

기분 나쁜 마지막 웃음소리를 끝으로 무릎을 꿇으며 절명한 여반대승. 소름 끼칠 정도로 장대한 무공을 시전했지만 현 강호의 천하제일인 태신청검의 적수는 되지 못했다.

태신청검은 입가의 선혈을 닦아내며 심법을 운용했다. 급작스럽게 내력을 소모했기에 혈도가 들끓고 있었다. 여반대승의 동귀어진에 상반신과 하반신을 거쳐 여러 부분의 근육이 파열되었다는 것도 느낄 수 있었다.

"하하, 그랬단 말인가……."

하지만 태신청검은 놓치고 있던 사실을 상기해 내며 쓴웃음을 지을 뿐이었다.

기분 나쁜 조소, 승리의 미소라도 되는 양 여반대승의 얼굴은 처음부터 끝까지 조소로 가득 차 있었다.

태신청검은 뒤늦게 깨달았다.

"본산으로 간다!"

*　　　*　　　*

'이게 얼마만인가…….'

새하얀 승려복의 자태가 우아하다 못해 아름답다. 녹옥불장(綠玉佛杖)에서 느껴지는 소림의 패기는 모찰과 공명하듯 조금씩 떨리며 울고 있었다.

소림사 사대방장 소림승찬은 수십 년의 세월을 타문에 빼앗겨 버린 소림사의 심장에 다시금 발걸음을 하며 살며시 눈을 감았다.

뒤따르는 승려들은 다시금 본산에 귀환했다는 슬픔과 빼앗겼다는 사실에 대한 안타까움에 그저 소리없이 울분을 토할 뿐이었다.

숭산 역시 소림 승려들의 귀환을 반기고 있었다.

"침입자다!"

주변으로부터 인기척이 감지되고, 순식간에 일단의 행렬이 승려들 앞에 도약했다. 숭산의 모습을 아쉬운 듯이 바라보던 소림승찬의 손이 허공에 그림을 그린 것은 그 순간이었다.

퍼억—

둔탁한 소리와 함께 달려드는 몸이 직각으로 꺾이며 바닥에 내팽개쳐졌다.

소림승찬은 그제야 눈을 돌려 적들을 바라보았다.

소식을 듣고 달려오는 적의 숫자는 기하급수적으로 늘어나고 있었다.

"잠룡문……."

본산과 소림모찰을 그들 손에 빼앗길 수밖에 없었던 과거. 막연히 문파에 피를 불러오는 역쟁을 피하기 위함이었다는 것은 변명거리에 지나지 않았다.

소림승찬은 뒤늦게 느낄 수 있었다.

숭산의 소림사가 아니라면, 그것은 소림사가 아니라는 것.

안타까웠지만, 성스러운 숭산을 적의 피로, 승려들의 피로 물들여선 안되지만, 소림승찬이 해야 할 선택이었고 문파가 행해야 할 마지막 의무였다.

살생을 이루어야만 한다는 전제조건. 자신뿐만 아니라 모든 소림승려들의 손이 피로 물들어야 한다는 사실에 소림승찬으로서는 죄책감밖에는 들지 않았다. 하지만 그들의 심지는 이미 굳어진 듯 굳건하기만 했다.

섬서성으로 잠룡문의 시선을 돌리기 위해 목숨을 걸고 먼저 출발한 팔대호원과 승려들의 악의에 받친 목소리가 여기까지 들려오는 듯했다.

그들의 목숨을 담보로 소림승찬이 해야만 할 일은 단 한 가지였다.

다시 되찾아올 수 없다면…… 무너뜨리는 방법밖에는 없었다.

소림승찬은 짐작할 수 있었다. 성공할지라도 일시적일 뿐이라는 것. 가슴 아픈 현실이 그것을 말해주었다.

천 년 소림의 역사를 끝낼지도 모르는 선택을 자신이 해야 한다는 것에 두려움이 일었다.

하나, 잠룡문의 지나친 행보에 대한 반감을 퍼뜨리기 위한 행위로 조금이라도 강호의 흐름을 돌릴 수 있다면…….

그 첫 번째가 소림이 되어도 상관없다고 생각했다.

"심판."

소림승찬은 그렇게 다짐하며 자신을 따르는 승려들의 발걸음과 함께했다.

소림사라 하면 강호 무학에 전해지는 전형적인 도가검법과는 판이한 불가검법의 시초가 되는 곳이며, 동시에 일천여 년이 넘는 세월을 가진 역사 깊은 문파였다.

소림이 가장 자랑하는 것은 역시나 수공, 장법, 지공, 격공장에 이은 소림권법(少林拳法)이라 할 수 있다.

수련이 극에 이르러 대성하게 되면 가히 산을 쪼개고 하늘을 울릴 수 있다는 소림권법은 그 태고부터 타의 추종을 불허했고, 내가중수법을 비롯해 원거리에 있는 대상까지 시선을

두어 제압할 수 있는 지법과 수공은 명실상부한 소림의 자랑
이라 할 수 있었다.

유겸은 거친 숨을 토해내며 운공조식을 이어나갔다.

"읍……."

절명한 잠룡문도의 의견을 외면한 채 모찰의 중심으로 유
겸은 달리고 있었다.

하지만 길목에서 세 명의 소림권승과 조우했고, 무려 이각
에 이르는 싸움 끝에 겨우 그들을 제압할 수 있었다.

하지만 그들의 재빠른 수공에 근거리를 헌납한 유겸에게
있어서 방금 전의 싸움은 악랄한 지옥도 그 자체였다.

점혈에 이은 내가중수법에 몸을 내준 유겸의 육신은 운
신할 수 없을 정도로 혈도가 들끓는 상태였고, 일어서기 위
해 힘을 집중한다 해도 근육이 풀려 고꾸라질 수밖에 없었
다.

투혼…….

서로의 목숨을 갈취하기 위해 달려드는 실전보다 실력을
키울 수 있는 더 좋은 방법은 없을 것이다.

유겸 역시 기습적으로 이어진 격공장과 연이은 연환 공격
에 당황했지만 그 모든 것을 수련의 한 과정으로 여기며 전투
를 풀어나갈 수 있었다.

하지만 그것이 투심과 살의로 점철되어 있다면 얘기는 달

라진다.

유겸은 거듭 이어지는 한 초, 한 합에 생명의 위협을 느꼈으며 격노에 가득 차 자신을 살생하겠다는 소림권승들의 패도를 읽을 수 있었다.

과거에 기반된 지식과 역량, 동시에 절정의 무위를 가지지 못했다면 순식간에 목숨을 잃었을 거라 생각되는 매서운 공격이었다.

'어째서⋯⋯.'

유겸은 악랄한 그들의 눈빛에서 무너진 문파를 향한 안타까움을 가장 먼저 느낄 수 있었다.

끝까지 보존하고 지켜내었어야만 했던 소림사찰. 빼앗긴 그곳을 잠룡문을 상대로 다시 찾아와야 한다는 절망감과 안타까움에서 비롯되는 공격에서 느껴지는 감정.

거듭되는 공격에 유겸은 죽음을 느꼈지만 알 수 없는 기분이 일었다.

본산과 역사를 잃었다는 슬픔은 하나의 절권이 되어 상대를 찍어 발랐고, 그 슬픔에 유겸은 동화될 수밖에 없었다.

"무엇을 위해 적월검을 들 텐가?"

태신청검의 말이 그 슬픔과 중첩되어 유겸의 가슴속을 울렸다.

자신은 지금 무엇을 위해 적월검을 들고 있는 것일까? 목숨을 잃은 소림권승들은 무엇을 위해 싸웠는가?

곤륜파.

그리고 소림사.

애석하게도 둘의 공통점이 상기되었다.

유겸은 눈을 감았다.

들끓던 기혈과 파열되었던 근육이 수축하며 단전에 내공이 집중되었다. 놀랍게도 운신조차 할 수 없던 팔과 다리가 규칙적인 소리를 내며 본연의 모습으로 돌아오고 있었다.

곤륜절기 상단전엽(上丹全曄).

임독양맥과 팔대경락이 부드럽게 유동하며 상단전을 지나친 내력을 흡수했다. 동시에 단전은 내력이 원하는 경로를 따라 이동하니 육신에 믿을 수 없는 결과가 나타났다.

파열된 근육이 내력의 흐름을 따라 재구성되어 막힌 혈도가 순식간에 개방되는 놀라운 상황.

유겸은 모든 상념을 끊고 자리에서 일어나 서쪽으로 시선을 두었다가 몸을 날렸다.

그는 재빠른 경신법으로 잠룡본산의 중심부인 태사첨탑의 사이로 들어섰다.

살의와 투심이 자욱한 그곳.

　기척을 죽이고 보폭에 집중한 유겸은 단번에 태신청검이
칩거하는 문주관에 잠입했다.

　문주관을 잇는 오적교.

　다섯 개의 통로를 지나 문주관이 있는 곳으로 시선을 가져
가면 수십의 무사들이 시립해도 공간이 남을 정도의 위용을
보이는 거대한 다리가 등장한다.

　가볍게 담을 넘어서며 문주관으로 향하는 중앙 입구를 찾
은 유겸은 오적교에서 일단의 인영이 서로를 마주한 채 초식
을 겨루는 광경을 포착할 수 있었다.

　“좌적검대…… 우청검대인가?”

　잠룡문주 직속 대대인 어전검대에는 필적하지 못하지만
태신청검을 직접 호위하는 두 명의 호법 좌적검과 우청검이
수장으로 있는 잠룡문 일류대대들이었다.

　독립적인 대대로 분류되었기에 그에 따른 평도 제각각 달
랐다. 가장 잘 알려진 사실이라 한다면 역시나 강인한 무위를
자랑한다는 것이다.

　서른 명을 조금 웃도는 소수 정예임에도 불구하고 수백 명
으로 이루어진 청랑검전보다 반 수 이상 높은 실력을 갈무리
하고 있다는 뛰어난 절정검수들로만 구성되었다고 알려져 있
었다.

　장기전을 띠는 전투 양상에 두 대대가 등을 맞대고 침착히

차륜전을 펼치는 광경이 벌어지고 있었다.

살의와 필생을 담은 수공이 소림권승들에게서 펼쳐지며 한 치 앞도 내다볼 수 없는 난전이 계속되었다.

근소하게 좌적검대와 우청검대가 밀리고 있는 상황.

하지만 유겸의 발걸음은 그곳에서 멈추어 서지 않았다.

유겸의 호기를 자극하는 장대한 기운이 그다지 멀지 않은 곳에서 느껴지고 있었기 때문이다.

오적교를 넘어서면 잠룡을 상징하는 두 개의 첨탑이 그 위용을 드러낸다.

잠룡원.

두 첨탑의 사이에 원반 형태로 조성된 대장원.

일전에는 소림문이라는 원초적인 이름으로 불리는 곳이었지만, 잠룡문이 소림모찰을 빼앗아오면서 그 이름이 달라졌다.

그곳에서 세 명의 인영이 폭풍을 부르는 싸움을 하고 있었다.

좌적검 여준환, 우청검 혁천도.

그리고…….

소림사 현 방장 소림승찬.

방장의 상징, 녹옥불장에서 나오는 기세가 좌적검 여준환과 우청검 혁천도를 거침없이 몰아치고 있었다.

　시종일관 밀리는 싸움을 반복하며 소림승찬에게 거리를 내준 여준환은 거듭 격공장에 노출되었다.

　꽈앙—

　무려 스무 장 이상을 훨훨 날아간 여준환은 바닥에 고꾸라지며 검붉은 피를 한 움큼 토해낼 수밖에 없었다.

　애써 일어서려 해도 다리가 풀려 무너지는 여준환. 더 이상 끌어올릴 내력조차 남아 있지 않은 모습에 유겸은 그의 패배를 짐작할 수 있었다.

　빠른 속도로 날아오르며 여준환에게 다가간 소림승찬은 머뭇거림없이 곧바로 여준환의 단전을 노렸다.

　"섬!"

　하지만 상황을 지켜보고 있던 혁천도가 먼저 날아들었다.

　폭포처럼 떨어지며 소림승찬을 노리는 검법은 잠룡의 모든 것이 집약된 일 초였다.

　"잠룡검(潛龍劍) 태신오청난결(太神五青爛抉)!"

　단 일 합. 내력의 소모가 극심한 듯 이를 악무는 혁천도의 눈빛에는 지금까지의 모든 무학이 담겨 있었다.

　태신청검의 의해 그 절학이 담금질되었다는 잠룡검 태신오청난결이 믿을 수 없는 빠르기로 소림승찬을 향해 질주했다.

“⋯⋯.”

소림승찬은 아무런 움직임 없이 혁천도의 검신이 닿기까지 기다렸다.

곧, 앞발을 두 자 이상 틀며 팔꿈치를 뒤로 가져간 그는 포효를 내지르며 초식을 시전했다.

“역변달마경(易變達摩經)!”

상대방의 모든 공격을 고스란히 되돌리는 극공 달마수권.

하지만 방위 선정과 정신 집중이 모자를 경우, 오히려 공격의 배에 해당하는 타격을 입는 양날의 초식.

텃—

너무나도 가벼운 소리가 장내를 갈랐다.

하지만 믿을 수 없는 광경이 펼쳐졌다. 혁천도의 몸이 직각으로 꺾이며 허공을 휠휠 날았다.

단전이 바스러지며 지금껏 쌓아 올렸던 모든 내력이 허공으로 흩어졌다. 육안으로는 보이지 않는 광경이었지만 유엽은 느낄 수 있었다.

여준환이 혼절한 곳으로 정확히 떨어진 혁천도는 이내 절명한 듯 짧은 경련을 끝으로 움직임이 사라졌다.

만신창이가 된 것은 소림승찬 역시 마찬가지였다.

적월검에 갈기갈기 찢어발겨진 장포, 성한 곳이 없는 육신에는 출혈이 곳곳에 일고 있었다.

처음부터 벌어질 상황을 모두 직감했던 것일까?

소림승찬의 모습은 너무나도 편안해 보였다.

하지만 애석하게도…….

기혈이 들끓고 있는 온몸, 수축된 근육은 마디마디마다 형용할 수 없는 고통을 선사하고 있었다.

예상외로 강한 실력을 지니고 있던 두 호법이었기에 제아무리 소림승찬이었을지라도 그 타격을 고스란히 입을 수밖에 없었다.

당장에라도 운공조식을 해 심신을 달래야 하는 상황. 하지만 소림승찬의 시선은 언제부턴가 소림모찰에 곧게 선 두 첨탑을 나직이 올려다볼 뿐이었다.

그렇게 잠시.

소림승찬의 두 손에서 다시금 강기가 갈무리되었다. 숨이 막힐 정도로 무거운 분위기 속에서 그는 왼손에 갈무리한 거권을 태사첨탑의 한가운데를 향해 내질렀다.

쩌저적―

첨탑 한가운데 꽂힌 거권은 그대로 주춧대를 파괴하며 내부의 분열을 일으켰다.

곧이어 화염이 일어났고, 꼭대기까지 순식간에 그 화력이 점화되었다.

귀 따가운 소음을 내며 무너지는 첨탑. 용의 울음소리와도 같이 숭산 전역을 울리는 첨탑의 비명. 그 순간만큼은 모찰 곳곳에서 목숨을 걸고 싸우던 모든 사람의 시선이 잠룡본산, 아니 과거 소림모찰의 중심으로 향했다.

그리고 남겨진 오른손의 무공 역시 허공을 날았다.

소림승찬과 유겸의 시선이 맞닿은 순간이었다.

처음부터 모든 상황을 지켜보고 있던 유겸이 모습을 드러 낸 것은 소림승찬이 정확히 그가 있는 공간으로 수공을 쏘아 보낸 순간이었다.

내력의 소모가 극심하여 심신이 지친 듯 그 위력은 분명 반 감이 되었지만 산을 쪼갤 것만 같은 파공성은 여전히 타의 추 종을 불허했다.

하지만 유겸은 예전의 그가 아니었다. 순식간에 허공을 밟 으며 지반에 내려선 그의 모습에 소림승찬은 놀란 얼굴이 되 었다.

유겸은 굳은 표정으로 소림승찬을 내려다봤다.

그 순간만큼은 그는 잠룡문도가 아니었다.

지고한 눈빛으로 소림승찬을 내려다보는 유겸의 시선에는 분명 알 수 없는 신기가 담겨 있었다.

"……"

말없이 서로를 응시한 유겸과 소림승찬은 그렇게 무언의

대화를 나누었다.

"어리석구나."

유겸의 작은 입술이 달싹였다.

"너는 누구지?"

소림승찬은 단번에 유겸의 정체를 의심했다.

"어째서… 어째서 무모한 공격을 일삼아 패망의 길을 자초하는 것이란 말이냐?"

유겸은 이해할 수 없었다. 아니, 안타까웠다.

곰곰이 생각해 보면 미래가 없는 소림사의 선택이었다.

태신청검의 눈을 다른 곳에 돌린 다음 본산을 급습한다.

그다음은?

외관상으론 나무랄 것이 없는 선택이었다. 하지만 급습에 성공한다 할지라도 현재 강호에 축적된 잠룡문의 힘이 지속된다면 다시금 본산을 탈환하는 것에 아무런 장애물이 없을 것이다.

단순히 시간문제. 그 사실을 일문의 방장인 소림승찬이 모를 리가 없었다.

조금 더, 조금 더 시간을 두어 생각했으면 보다 더 좋은 방법이 있었을 것이 분명할 터인데.

유겸은 안타까웠다.

"하남의 소림, 숭산의 소림사다."

“……?”

“달마 대사의 선거와 혜가의 가르침. 더불어 수천, 수만의 소림 승려들의 피와 땀이 영원히 존재하는 곳이 이곳 숭산이다. 그리고 그곳에는 소림사가 있다.”

“…….”

“무너지는 문파를 바라본 경험이 있나? 단 한순간이라도 그들의 슬픈 비명 소리를 들어본 적 있나? 본산을 잃고 풍전등화에 놓여, 타문의 확장에 밀려나 왜곡된 사실에 무릎 꿇고 본질을 포기한 적이 있느냔 말이다.”

없다. 단 한순간도 겪지 못했다.

강호의 흐름 속에, 잠룡의 상승 속에 곤륜파가 무너지며 적을 잃었다는 느낌만 전해졌고, 그러한 사실에 분노하며 환생하게 된 것이 유겸이 느낀 전부였다.

분노?

소림승찬이 가지고 있는 감정은 그것뿐만이 아니었다.

그의 외침은 계속되었다.

“섬서에는 적이 없고 서안에는 소림이 없다. 평생을 왜곡된 삶을 살며, 후대에까지 그 거짓된 진실을 물려준다면 소림의 역사는 끝이란 말이다!”

소림승찬의 외침을 끝으로 강풍이 몰아쳤다.

“아…….”

혼란스러움에 머리가 지끈거렸다.

하지만 유겸의 상념은 오래가지 않았다.

소림승찬의 거침없는 공격이 시작되었기 때문이다.

유겸의 시선이 빛났다. 지금의 상태로는 소림승찬의 상대가 절대 되지 못했다.

"……."

유겸은 본능적으로 불안전한 심신을 자연 그대로 놓아버리며 단전을 닫았다.

임독양맥과 팔대경락에 경련이 일며 전신의 모든 혈도가 잠시간 개방되는 놀라운 일이 벌어졌다.

유겸은 자연스럽게 단전을 열었다.

신선공(神仙功).

전인미답의 경지, 현경에 올라 선인의 기량을 그대로 간직하고 있던 유겸이다. 거듭되는 탈태 속에서 무학을 깨달으며 인체의 모든 지식을 빈틈없이 터득한 존재가 바로 심명 선인, 유겸이었다.

소림승찬.

화경을 일찌감치 뛰어넘으며 당대 최고의 고수 중 한 명으로 군림하고 있는 그였다.

그런 소림승찬을 상대할 수 있는 힘은 당장 없었다.

하지만 신선공의 힘을 빌린다면 얘기는 달라진다.

모든 혈도에 내력이 밀려들며 믿을 수 없는 형상을 만들어
냈다. 정수리를 넘어서며 막혀 있던 백회혈까지 영역을 확장
한 내력은 온몸을 한 바퀴 돌며 회음혈을 지나 단전의 상단까
지 이르렀다.

진원진기의 소모는 불가피했다. 그렇기에 최대한 빨리 끝
내야만 했다.

믿을 수 없는 몸의 변화. 빛의 무리가 유겸을 뒤덮었다.

폭포수처럼 계속 쏟아지는 내력의 끝이 보이지 않는 상태.
몸 주변 곳곳에 강기가 돌출되면서 눈부신 광경을 만들어냈
다.

신선도.

이로써 아주 짧은 시간 현경의 무위를 보일 수 있을 깃이
다.

엄청난 광경에 공격을 이행하던 소림승찬의 동공 역시 거
듭 커졌다.

그것이 뜻하는 의미는 오직 하나다.

동귀어진.

크허어어엉!

범의 울음소리는 단전의 내력을 모두 폭주시켰을 때 들리
는 환상, 그 자체였다.

―곤륜절기 분광뇌풍검법(紛光雷風劍法) 극검(極劍).

진정한 태풍이자 환상이 펼쳐졌다.

두 마리의 매가 허공에 날아올랐다.

숭산이 울리고 있었다.

그렇게 이어진 파동에 두 개의 첨탑이 무너졌다. 첨탑뿐만이 아니었다. 오적교가 두 갈래로 갈라지고 사찰의 중심부가 태풍의 영향권에 들어온 듯 순식간에 산산조각이 났다.

첫 번째 합이 마주치며 짧은 파찰음이 울렸다. 곧게 닫은 소림승찬의 입술에서 흘러내리는 선혈이 보인다.

'비굴하지 않느냐?'

유겸은 자기 자신에게 물었다.

최고의 잠룡문도가 되어…… 훗날의 모든 일을 기약한다?

'부끄럽지 않느냐?'

유겸의 어깨에 얹어진 것은 단순히 곤륜파 재건에 대한 열망뿐만이 아니었다.

순식간에 유겸과 소림승찬의 공력이 수차례 맞닿았다. 믿을 수 없는 광경이 지속되었다.

비산하며 떨어지던 강기의 거친 흐름도, 숭산을 뒤흔들던 공력도 모두 무형화되었다.

소담스럽게 떨어지는 소나기.

무너지는 소림승찬의 모습은 매우 편안해 보였다.

'그런가…… 곤륜의……'

전 무림맹주의 부재로 실전되었다 들었던 곤륜파의 절기.

죽기 전 선인의 최종 절기를 보았다는 이유 하나만으로, 떠나가는 소림승찬의 얼굴에는 미소가 가득했다.

第八章
강호 출도

　실질적인 구파의 꼭대기에 속하며 오대강파로 더욱 잘 알려진 소림사와 잠룡문.

　두 방파가 부딪친 싸움은 쌍방에 엄청난 손실과 곡절을 남기며 종결되었다.

　진압되기는 했지만 잠룡문이 수년의 공적과 노력을 들인 끝에 독점할 수 있었던 섬서성의 상권 다툼이 소림사와의 전투를 계기로 재점화되어, 그 여파로 섬서성 지구는 순식간에 무법지대로 변질될 수밖에 없었다.

　타문파에 대한 직접적인 공권 다툼과 대대적인 전투를 강요하지 않았던 잠룡문주 태신청검은 이제껏 쉽사리 보이지 않았던 격노를 표출하며 파괴에 앞장섰다.

직접 최전방에서 척살령을 내린 문파의 숫자들만 해도 손가락이 모자를 정도였으며, 죽어간 고수들의 숫자도 역시 기하급수적으로 늘어만 갔다.

강호는 그렇게 어지러운 파국을 맞이하고 있었다.

본래부터 잠룡문에 대한 불만과 반감이 없지 않았던 구파일방, 오대세가의 몇몇 문파와 주변 방파들이 무림 회의를 독단적으로 개최하며 잠룡문을 향한 직접적인 반의를 시사한 것이 가장 크게 화자되고 있었다.

소림사와 잠룡문의 싸움이 남긴 것은 단지 그러한 사실뿐만이 아니었다.

천 년 이상의 역사를 고이 간직하고 있던 소림모찰. 숭산 위에 거룩한 모습을 뽐내던 그곳.

지금은 잠룡본산이라는 이름으로 불리고 있지만 중원 불가무학의 발원지인 그곳 중심이 마지막 전투와 함께 초토화되었다는 사실은 강호에 엄청난 파장을 불러왔다.

동시에 소림사의 멸문…….

반년이라는 무서운 추격.

팔대호원과 방장 소림승찬의 죽음이 있었기에 실질적으로 도주에 성공한 소림 승려는 매우 적었다.

설사 잠룡문의 추적을 피해 내몽고 사막으로 도주에 성공한 몇몇 승려들이 있다 해도, 끊임없이 이어지는 추적에 결국 목숨을 잃게 되었다.

잠룡문은 내친 김에 서역 상단의 불가 전도를 위해 포달랍궁에 파견되었던 소림 승려들에게까지 직접 살수를 보내는 것도 마다하지 않았다.

소림사의 씨를 말리기 위한 잠룡문의 행보는 멈출 생각을 하지 않았다.

귀신같이 계속되는 추격에 이름없는 산으로까지 망명했던 소림 고수들의 목이 떨어졌고, 소림승찬이 목숨을 잃은 이후 정확히 반년만에 사실상 소림사는 역사 속으로 사라지는 있을 수 없는 일이 벌어졌다.

이에 태신청검의 존재는 공포 그 자체로 수많은 강호인들에게 다가왔다. 상대가 누구든 잠룡문을 향한 도발이 있다면 그의 일 장이 움직였으며, 일 검이 이어졌다.

이유가 무엇이 되었든 본 파를 욕되게 하는 문파가 있다면 배로 갚아주는 것이 기본이 되어버렸다.

앞을 막는 존재가 있다면 목숨까지 걸고 처단하리라는 말이 있을 정도였기에, 그 기세를 꺾을 자는 아무도 없었다.

그렇게 일 년…….

소림권승 엄원 승려는 미친 듯이 산을 탔다.

아미파 분파가 있는 감숙성 난주현(蘭州縣) 사찰에 도원 승려로서 지내온 지 오 년에 가까운 세월.

속세에 미련이 없어 산에 올라 수련에 매진 중이던 엄원 승려는 아미파의 장문인으로부터 갑작스럽게 하산을 명 받았다. 그는 이해할 수 없었지만 명에 따를 수밖에 없었다.

목적지는 섬서 서안에 있는 본 파 사찰. 문제는 끼니를 때우기 위해 그가 객잔을 찾았을 때 생겼다.

허기를 달래고 있던 엄원 승려는 얼마 지나지 않아 사람들의 따가운 시선을 느낄 수 있었다.

계속해서 이어지는 시선. 상판에 기름이라도 끼었나 하여 옷깃에 물을 적셔 구석구석 얼굴을 훔쳤지만 사람들의 시선은 꺼질 줄 몰랐다. 결국 엄원 승려는 근처의 아무에게나 다가가 물었다.

"무슨 문제라도 있습니까?"

"아…… 아니올수다."

걸쩍지근한 대답에 확실히 무슨 일이 있다는 것을 짐작할 수 있었지만 엄원 승려는 깊게 생각하지 않았다.

사람들의 시선 따위 신경 쓰지 않는 것.

오래전부터 이행해 온 수련이라 그것보다 쉬운 일은 없었다.

밤길은 익숙했고, 고향의 향수가 느껴졌기에 엄원 승려는 식사를 마치자 곧바로 객잔을 나섰다.

하지만 나서자마자 일단의 표주무사들이 그를 막아섰고, 갑작스럽게 이어진 공격에 엄원 승려는 본능적으로 방어할 수밖에 없었다.

엄원 승려 역시 오래전부터 무공을 기본적으로 닦아온 소림권승이었다. 그렇기에 급작스럽게 공격해 오는 표주무사들을 쉽사리 제압할 수 있었지만 문제는 그다음부터였다.

강호인.

돌출된 태양혈, 단번에 눈치챌 수 있는 짜임새있는 무위. 절정의 무인들이 엄원 승려의 앞을 가로막은 것이다.

그제야 상황을 판단한 엄원 승려는 몇 번의 합을 겨루었다. 그러자 혼자서는 상대할 수 없다는 것을 단칸에 느낄 수 있었다.

그래서 미친 듯이 도주하여 전모를 파악하기 위해 하루하고도 절반을 꼬박 달려 북쪽 백은현(白銀縣)에 위치한 사찰을 찾았지만…….

“아… 아니…….”

모든 것이 잿더미로 변해 버린 사찰을 확인했을 뿐이었다.

마음을 채 가누기도 전에 추적은 엄원 승려를 더욱 옥죄어 왔고, 그는 미친 듯이 도주를 반복했다.

“틀렸어…….”

식음을 전폐하고 하루 열두 시진을 쉬지 않고 달렸다.

수 개의 조로 나뉘어 쫓아오는 강호인들은 설화 속에 나오는 악귀 그 자체였다.

제자리에 서서 주변을 바라보니 어디인지도 짐작할 수 없었다. 개방도와 같이 거지처럼 연명하며 서쪽으로 무작정 달려온 지 닷새하고도 이틀.

한 줌도 남아 있지 않은 내력을 동원하며 경신법을 시전했지만 추격자들과의 거리는 점차 가까워질 뿐이었다.

다리가 풀리고 죽음이 앞에 왔다는 것이 느껴졌다. 제자리에 서서 주변에 귀를 기울이니 검신과 칼바람이 공명하는 섬뜩한 소리가 들려왔다.

깊은 산속, 그 누구의 도움도 바랄 수 없었다. 어째서, 어째서 이런 일이 자신에게 닥친 것인지, 당최 갈피를 잡지 못하는 엄원 승려였다.

한 줌의 내력도 남아 있지 않았다.

온 힘을 다해 권을 질러내고 싶었지만 몸은 요지부동이었다. 풀린 다리로 인해 엄원 승려는 결국 무릎을 꿇었다.

섬뜩한 섬광이 달빛에 반사되어 엄원 승려에게 재빠르게 다가왔다.

그 순간이었다.

혈우…….

피보라가 비산했다.

엄원 승려를 향해 다가서던 열 명이 넘는 강호인이 누군가에게 속수무책으로 당했다. 그들의 피가 차가운 대지 위에 뿌려졌다.

엄원 승려는 이 놀라운 광경에 대한 충격과 몰려오는 노곤함에 정신을 잃었다.

*　　*　　*

"뭐라?"

계속되는 업무와 근래의 분위기가 뒤숭숭했기에 신경이 날카로웠던 감숙성주 운천 도인은 들려오는 소식에 반문했다.

"……소림 승려 추적에 나선 열세 명의 옥협단(屋協團) 단원이 열흘째 귀환하지 못하고 있습니다."

"……."

운천 도인은 믿을 수 없는 말에 보고를 올리는 서당주 엽명의 얼굴을 살폈지만, 그의 얼굴에서는 한 치의 거짓도 찾아볼 수 없었다.

운천 도인은 마른침을 삼키며 상황을 정리했다.

얼마 전의 소림사 급습 건을 시작으로 타문들과의 상권 다툼이 재개되었다.

그리고 그것은 섬서성뿐만 아니라 주변 오대성 모두에 파장을 미쳤다.

수년째 나름대로 편한 업무 수준을 보이고 있던 감숙성마저도 잠룡본산 내부에서 직접적인 공문이 내려와 일거수일투족을 살피기 시작했으니 운천 도인은 핑곗거리를 찾기에도 부족했기에 직접 움직일 수밖에 없었다.

놓친 것이 없나 주의를 항상 기울여야 했기 때문에 업무는 늘어만 갔다. 이제는 살인적인 업무량에 본능적으로 익숙해져 가고 있었다.

그 와중에 보이는 족족 죽이라는 말살령이 내려진 소림 승려들을 철저히 추적하여 보이는 사찰마다 급습했으니, 적어도 감숙성 안에서만큼은 소림만이 아니라 승려 자체를 찾아보기 힘들 것이라 장담할 수 있는 운천 도인이었다.

하지만 기어코 일이 터진 것이다.

"전원 모두 절정에 이르렀다고 보아도 무방한 일류고수들이거늘, 어째서 귀환하지 못했다는 말인가? 그것도 땡중 한 명 때문에?"

엽명의 보고에 의하면 도주한 소림 승려의 실력은 승려를 쫓은 단원 한두 사람과 비슷한 일류의 무공이었다.

단순히 그것뿐, 특이사항은 보이지 않았으며, 열세 명의 단원이 수일간 추적했다면 금방 말살하고 돌아왔어야 정상이었다. 운천 도인은 천천히 생각을 정리했다.

'천재지변이 일어나지 않는 이상 아무런 소식 없이 이토록 귀환하지 못할 이유는 없다. 분명 타문이 간섭을 했거나 비슷한 연유가 있을 것이다.'

그렇게 생각을 마친 운천 도인은 그의 옆에 시립한 엽명을 바라보았다.

"남은 단원 전원을 집결시키고 추적 준비를 끝마쳐라. 내가 직접 가겠다."

*　　　*　　　*

쿵—

흘러내리는 땀방울을 닦아내며 작업에 몰두하고 있는 장정들, 그리고 그들을 독려하는 문도들의 모습이 보이고 있었다.

규칙적인 기합 소리와 함께 조형물이 올라갔다. 검게 탄 주춧대를 잡아 빼니 순식간에 동강나며 잿더미가 우수수 떨어졌다.

"재건하는 데 얼마만큼의 시간이 걸릴 것 같나?"

익숙한 음성이 장내를 갈랐다. 평범한 직립한 모습마저 우아하다고 표현할 수 있는 미색의 남자.

큰 키와 폭포수처럼 쏟아져 내리는 칠흑색의 긴 머리, 종아리까지 이르는 깔끔한 청포와 잘 어울리는, 참으로 아름다운 모습이었다.

잠룡문주 태신청검은 표정을 굳히며 장인을 내려다보았다.

"빠르다 하더라도 어림잡아 십 년은 걸리지 않을까 생각합니다. 무너진 제반에 탑을 다시 쌓아 올린다는 것은 쉬운 일이지만, 이전과 완벽히 똑같은 형태로 공사를 이행한다는 것은 가히 불가능에 가깝습니다."

이어진 대답에 태신청검은 고개를 들어 다시금 잿더미가 된 첨탑을 바라보았다.

잠룡의 역사가 시작되면서부터 줄곧 제자리를 지켰던 두 개의 탑이 무너졌다는 사실에 태신청검은 쓴웃음을 지었다.

탑보다 더욱 깊은 역사를 자랑하는 모찰이나 오적교는 안중에도 없었다. 태신청검의 시선은 줄곧 두 첨탑에 가 있었다.

무너진 두 개의 탑을 바라보고 있자니 갑작스럽게 어처구니없는 생각이 들면서 태신청검의 머리를 어지럽혔다.

'무너진다라……'

태신청검은 그저 묵묵히 생각을 끊었다.

"오 년…… 오 년을 주겠다."

"예?"

"그때까지 무슨 일이 있어도 완공해야 할 것이다."

태신청검은 당황한 기색이 역력한 장인을 뒤로하고 앞으로 거침없이 발걸음을 옮겼다.

지금처럼 모든 신경을 곤두세워 문파를 걱정한 적이 있었던가, 여러 번 같은 생각을 반복하게 되는 그였다.

그저 어느 정도 잠룡문이 정점에 이르렀다는 사실에 안주했고, 만족했다. 그렇기 때문에 안일해진 자신의 모습을 발견할 수 있었다. 어처구니없는 일임은 분명했지만 정작 이유를 살펴보게 된다면 역시나…….

무언가가 사라졌기 때문이다.

"열망……."

간접적으로 느낀 사실이었다. 무언가 비어 있는 공허함.

태신청검의 몸이 미세하게 떨렸다.

"……."

그는 모든 생각을 그만두고 동쪽으로 발걸음을 옮겼다. 수많은 상념이 그의 머릿속을 어지럽혔지만 태신청검은 금세 무표정이 되었다.

얼마쯤 걸었을까?

익숙한 장원이 시야에 들어왔다.

동시에 반가운 얼굴이 가까워지고 있었다. 이상하게도 그를 보고 있으면 자신의 옛 기억이 떠오르는 듯했다.

태신청검은 그저 묵묵히 시선을 바로했다.

시간이 흘러 유겸은 열일곱 살이 되었다.

소림사와의 분쟁 후 가장 바뀐 점이 있다면 그의 무공이 수직상승세를 보인다는 것이었다.

태신청검의 직접적인 개인지도가 있었다고는 하지만, 먹고 자는 시간을 제외한 모든 시간을 운공조식과 초식 연마에 투자했다고 해도 과언이 아니었다. 그 정도로 무력 향상에 대한 유겸의 노력은 계속되고 있었던 것이다.

그 실력은 이제 또래 검수들에게서는 상대를 찾지 못할 정도였고, 일검은 정확하며 묵직했다.

"오셨습니까?"

유겸은 태신청검이 모습을 드러내자 검을 갈무리했다.

태신청검은 미소를 지었다.

일 년이 지나고 또 일 년의 시간이 흘렀지만 여전히 유겸에게 허락된 공간은 이곳 화남각이 전부였다.

그럼에도 군말없이 묵묵히 검을 쥐고 있는 유겸의 모습이 나름 대견스러웠다.

특별한 이유는 없었다. 자신의 첫 번째 직계제자인 유겸이었고, 그에 알맞은 무공을 섭렵해야 하는 것이 당연하다고 생각하는 태신청검이었다.

그런 유겸은 일찌감치 자신의 예상을 벗어나 높이 비상하고 있었다.

생각 이상의 노력과 냉철한 자기관리가 기반이 되니, 그의 성장이 일취월장함은 당연했다.

만약 유겸이 없었다면 본산은 두 개의 탑이 무너지는 피해 정도로 끝나지 않았을 것이다.

우청검 혁천도의 죽음, 좌적검 여준환의 인사불성, 거기다 죽음의 위기까지 닥친 순간에도 무너지는 소림승찬을 침착히 벤 강단……

절대 어린 제자의 기지가 아니라고 밖에는 말할 수 없었디.

"빠른 성장이군."

"……"

이 년 만이었다.

돌출된 태양혈은 점차 밋밋해지는 상태. 갈무리한 공력에서 나오는 패기는 절정의 극을 달리고 있다는 것을 간접적으로 느끼게 해주었다.

최절정.

본산 제자 그 누구보다도 빠른 유겸의 성장 속도였다. 무서울 정도로……

태신청검은 묵묵히 유겸을 바라보았다.

유겸 역시 마찬가지였다.

그러나 그 시선의 의미를 전혀 달랐다.

소림사의 멸문…… 그밖에도 태신청검의 작은 움직임에 사시나무처럼 떨리며 기반을 잃어가는 수많은 방파들.

물론 강자가 약자 위에 선다는 당연한 공식이 있었지만, 태신청검은 협과 정으로 치장한 사파의 마두와도 같았다.

유겸은 그저 생각을 정리했다.

보다 단 시간 내에 확실히 기반을 다질 필요가 있었다.

잠룡문에 대한 반격이 늦어져 그 본질과 색을 잃게 되는 것은 곤륜파뿐만이 아니었다.

강호의 신음 소리.

그것이 지친 유겸을 채찍질하고 있었다.

별이 떨어지는 듯한 착각을 일으키는 깊은 밤이었다. 정자 위에 서 하늘을 바라보자니 오늘이 보름이었다.

맑게 개인 하늘에 두둥실 떠 있는 만월을 바라보며 태신청검은 눈을 감아 보았다.

"좌적검의 상태는 어떠한가?"

포권을 쥔 채 태신청검의 왼쪽에 시립하고 있던 문도는 다름 아닌 어전검대의 대주 하우극(廈優極)이었다.

　잠룡문주 태신청검의 실질적인 눈과 다리 역할을 하던 두 호법이 소림승찬과의 전투에서 목숨을 잃거나 인사불성이 되었기에, 임시적으로 잠룡문 내외를 관할하고 있는 사람이 그였다.

　그나마 다행인 것은 좌적검 여준환은 목숨을 건졌다는 사실이었다. 하나 단순히 살아 있다는 것이지, 그의 몸은 실질적으로 붕괴된 상태였다.

　"이 년여간 경맥의 연결과 파열된 근육들을 재활시키는 데 전력을 다했습니다. 덕분에 비교적 운신을 할 수 있는 상태이지만 남은 것은 좌적검의 의지에 달려 있습니다."

　내력의 폭주마저도 믿을 수 없는 정신력으로 버텨낸 여준환이었다. 하나같이 찢어발겨진 혈맥으로 인해 단 한순간도 고통에서 벗어날 수 없던 그의 상황이 눈에 선했다.

　그런 상태임에도 버텨내고 있다는 사실에 태신청검의 손에 자연스럽게 힘이 들어갔다.

　그는 한숨을 내쉬었다.

　"다른 사항은?"

　"사천성과 운남성에서 타문의 움직임이 심상치 않다는 운남장로와 사천장로의 보고입니다. 직접적인 무력 충돌로는 이어지지 않고 있지만 본산의 주의가 필요하다는 소식입니다."

태신청검은 머리가 깨질 듯이 아파왔다.

수년 이상을 공들여 겨우 강호를 잠룡문의 아래에 놓았다고 생각했다.

하지만 소림사와의 싸움에서 누적된 피해를 돌볼 겨를도 없이 중원 이쪽저쪽에서 본문을 향해 반전을 일으킬 기미를 보이니, 태신청검으로서는 머리가 아파오지 않을 수 없었다.

그렇기 때문에 태신청검은 확실한 본보기 삼아 소림사를 멸문에 이르도록 하기 위해 총력을 기울이고 있다고 보아도 무방했다.

하지만 이런 식으로 계속해서 타문파의 반감이 이어진다면 강호는 진정 피바다를 이룰 수밖에 없었다.

"문주님……."

수많은 생각이 태신청검의 머릿속을 어지럽혔다.

보다 획기적인 방법을 강구하던 태신청검은 이내 하우극의 말로 주의를 되돌렸다.

"빠진 사항이라도 있나?"

말을 아끼려고 하는 하우극의 표정에서 알 수 없는 긴장감이 흘렀다.

그리고 이내 하우극의 입으로부터 전해지는 소식에 태신청검의 두 동공은 급속도로 확대되었다.

유겸은 가부좌를 틀며 호흡을 조절했다.

심신을 자연 그대로에 놓고 운기에 집중한 그는 이내 단전의 하단을 열었다.

아랫배를 이은 천추혈을 시작으로 중추혈을 돈 내공은 빠른 속도로 상단으로 북진했다.

무려 한 시진 이상이나 운공조식은 계속되었다.

굳게 닫은 입술에는 정신 집중의 오묘함이 서려 있었다.

상단에 이른 내공은 천천히 아래로, 그리고 양옆으로 돌면서 온 혈도를 장악했다.

소림승찬과의 대전 때 소진한 진원진기의 여파로 인해 이 년이라는 세월이 흘렀어도 몇몇 혈맥에서는 여전히 기혈이 들끓고 있는 상태였다.

하지만 유겸은 천천히 정신을 집중하며 혈맥에 잇기 위해 내력을 유도했다. 그의 표정이 점차 안정되었다.

조심스럽게 상처를 다루듯 심도있게 주천을 마무리한 유겸은 만족스러운 미소를 지었다.

"되었군……."

불안정했던 혈도는 이내 완연히 개방되며 제 모습을 찾았다. 깨달음만 주어진다면 언제든지 초절정, 즉 화경의 경지에 오를 수 있다는 완연한 자신감이 묻어 나왔다.

살아온 세월에서 우러나는 경험과 지혜가 이룩한 성과였

다. 아직 약관에도 이르지 않은 나이에 절정의 극에 달하는
무공을 갈무리하고 있다는 것은 분명 믿을 수 없는 성장 속도
였다.

잠시라도 휴식을 취하려 할 때, 인기척과 함께 익숙한 인영
이 화남각에 모습을 드러내었다. 유겸은 본능적으로 검을 잡
으며 초식 전개에 들어갔다.

"운유겸."

"……"

그것도 잠시, 유겸은 반사적으로 뒤를 돌아보았다.

십 년에 가까운 세월. 단 한차례도 자신의 이름을 불러주지
않았던 잠룡문주 태신청검이 자신을 호명하고 있었던 것이
다.

"예, 스승님."

재빠른 손놀림으로 검집에 적월검을 갈무리한 유겸은 태
신청검 앞에 섰다.

"벌써 키가 이렇게 컸구나."

"……"

실제로 유겸의 키는 태신청검과 비슷할 정도로 많이 성장
한 상태였다. 서로는 그렇게 잠시간 마주 보았다. 태신청검이
흐뭇한 미소를 지었다.

그렇게 잠시……

곧이어 태신청검의 얼굴이 섬뜩하게 굳어졌다.

'위험하다…….'

유겸은 본능적으로 그러한 느낌을 받았다.

근접한 거리. 발검 한 번으로 상대방의 목을 회수하고도 남을 거리였다. 태신청검의 거침없는 눈빛이 유겸의 모든 것을 꿰뚫어 보는 듯한 느낌을 받았다.

검집에 고정된 적월검으로 오른손이 올라갔지만 거기까지였다. 더 이상 움직이지 않는다. 하지만 고정된 시선을 유겸은 피하지도 않았다.

믿을 수 없을 정도로 짧은 시간.

무언의 대화는 그렇게 끝이 났다.

"사신검 운유겸, 너를 잠룡호법 우청검(右靑劍)으로 임명한다."

*　　　*　　　*

"……말도 마시오. 내 살다 살다 이렇게 간담이 서늘한 적이 없는 것 같소."

섬서성 장안현의 장안루라고 하면 이곳에서는 가장 알아주는 객잔이었다.

손님들로 인해 자리는 만석이었고, 때는 이미 많이 늦은 저

녁 무렵이었기에 술을 걸치기에 가장 적합한 시각이었다.

일량은 마주 보는 사내에게 술을 따르며 어느새 가득 찬 자신의 잔을 한 번에 비웠다.

그는 장안에서 알아주는 검수에 속했다. 알아주는 명문은 아니었지만 섬서성 상남현(商南縣)에 적을 둔 이류문 영남문(營男門)의 문하생으로서, 수년의 세월을 수련에만 몰두해 온 자였다.

하지만 세속에 아직 미련이 남아 있는 일량이었기에 문하생으로 처리해야만 할 여러 가지의 사정 등 우여곡절 끝에 하산할 수 있었다.

그의 실력은 이류에 올라와 있었기에 웬만한 표국의 일급 검수로서 이에 합당한 대우를 받을 수 있었다.

동시에 일 년이라는 시간 동안 치안이 잘되어 있기로 소문이 난 섬서성에서 마음 편한 생활을 지속할 수 있었으니, 마음도 평화롭고 몸도 즐거운 생활을 연명할 수 있었다. 하지만……

탁—

일량은 금세 술을 비웠다.

"하루에도 수십 번씩 관로에 순찰을 나가면 강호인들의 싸움에 어쩔 수 없이 연루되오. 요새 잠룡문주에 대한 문파들의 반감이 극에 이르렀다는 소식 있잖소. 섬서성에서만 해도 일류라 할 수 있는 방파들이 잠룡문의 상권이라면 짓밟고 보는 것이 기본이 되었으니……. 또 잠룡 분파의 무사들은 그들을 막기 위해 매번 싸움을 벌이니 치안을 맡은 표주무사들이나 관군들은 하루에 열 명씩은 가볍게 죽어나가고……. 더 이상 이 짓은 의미가 없소. 오늘 아침까지만 해도 웃는 모습이었던 동료가 밤이 되어서는 시체로 돌아오는 경우도 허다하고…… 에휴, 말을 맙시다."

마주 앉은 사내는 그저 묵묵히 일량의 말을 경청했다. 독한 탁주를 가볍게 목안으로 털어 넣은 일량의 말이 계속되었다.

"그나저나 곤륜파의 행적은 무슨 연유로 묻는 것이오? 내 듣기로는 청해성 악도현 부근에서 모두 일망타진되었다고 들었소. 도주한 도사들도 뭐, 천하의 잠룡문도들이 쫓는데 그 이상은 목숨을 부지하기 힘들 거란 생각이외다. 소림사 역시 그러하고."

일량의 말은 계속되었다.

"내 보기엔 그쪽도 강호인 냄새가 풍기오. 젊은 친구가 분위기부터 범인들과는 다르고……."

일량과 마주하던 사내는 그저 짧게 말을 되받았다.

"좋은 담화였소. 이것은 술값이요."

"어, 어, 벌써 가는 게요?"

황급히 소리친 일량은 곧 어처구니없다는 시선으로 눈을

비볐다. 자리에서 일어난 사내가 순식간에 일량의 시야에서
사라진 것이다.

"많이 취했나?"

일량은 그저 남은 술잔을 기울였다.

탁자에는 금전이 놓여 있었다.

감숙 분파를 맡고 있는 감숙성주 운천 도인과 휘하 오십여
명의 옥협단원이 감숙성 주천현(酒泉縣) 일대에서 난도질당
한 시체만이 발견되었다.

이로 인해 감숙 분파는 물론, 감숙도성 난주 곳곳에 집결한
문도들의 통제권을 잃은 상태이다.

일단은 사천성주 엽당 도인(燁黨道人)이 휘하 일남전의 서
른 명의 무사들을 보내 치안과 관할을 돕는 형국이지만, 지휘
체제가 무너졌다는 사실이 타문에 들어간다면 감숙성마저도
까다로운 상황에 놓일 수 있다.

"우청검 운유겸을 감숙성 서방 지구로 파견하니, 반도의 세력
을 밝혀내고 귀환하라."

사내는 발걸음을 빨리 하여 관도를 벗어났다. 사내의 머릿
속에는 위와 같은 말이 반복되고 있었다.

일량과 담화를 나누던 사내의 존재는 다름 아닌 유겸이었다. 닷새하고도 이틀을 꼬박 달려 섬서성 장안에 이르렀고, 잠시간의 휴식을 취한 후 다시금 감숙성이 있는 서쪽으로 몸을 옮기는 것이었다.

"곤란하군……."

태신청검의 갑작스러운 통보. 아직은 부족함이 많은 자신을 호법으로 임명한 사실에 유겸은 나름대로의 계획을 세웠다.

화남각 바깥으로 나왔다는 이유만으로도 어느 정도 행동에 자유는 있었다. 지난 십 년에 가까운 세월을 마음속으로 품고만 있었던, 곤륜산의 행적을 쫓는 일을 이제 할 수 있었다.

그것만으로도 유겸에게는 많은 위안이 되었지만 문제는 속속 발생했다.

비밀스런 임무를 수행 중이기에 되도록 강호인들과의 접촉은 피하는 것이 좋다. 하지만 비강호인들에게 듣는 정보만으로는 문파의 속사정을 파악하기 힘들고, 유일한 방법이라 할 수 있는 하오문의 의뢰조차도 신분이 필요하니…… 잘못하다간 의뢰의 사항이 본산에 발각될 수도 있다.

여러 가지 요소들이 유겸의 행동에 암초가 되었다.

하지만 그의 표정은 담담해졌다.

'오율 진인과 염명 도인 그 둘이라면 충분히 남은 제자들을 이끌 수 있으리라…….'

하남성에서는 자신을 지켜보는 여러 시선이 있었기에 유겸은 행동 하나하나에 주의해야 했다.

섬서성에 발을 들여서야 여러 계층의 사람들을 만나 하나둘씩 곤륜파의 사정을 물을 수 있었고, 처음에는 암울한 결과와 믿을 수 없는 말에 귀를 의심했던 유겸이다.

하지만 정보가 모아지자 유겸도 이내 진정할 수 있었고, 이내 생각을 굳혔다.

'살아만 있어다오…….'

그다지 길지 않을 것이 분명했다. 모든 것이 준비되고 상황이 맞아떨어진다면, 다시금 원래의 무공을 되찾을 수 있고 반격의 기회 또한 잡게 될 것이다.

'직접 부딪쳐 보는 방법밖에는 없겠군. 일이 먼저겠지만…….'

유겸은 내심 불안감에 잠길 수밖에 없었다.

감숙성주라 한다면, 그 무위가 십존에 이르지는 않았지만 지휘관의 역량에 알맞은 무위를 갖추고 있다고 알려진 도인이다.

휘하에 옥협단원의 무위 역시 전원 절정에 가깝게 이르렀다는 일류대대였고, 그것은 잠룡십존 감숙장로가 부재라도 성도 전체를 통관할 수 있는 전력이었다.

그런 규모의 부대가 고깃덩어리가 되어 길바닥에 처박혔다는 사실이 유겸은 그다지 유쾌하지 않았다.

"멀군……."

유겸은 더욱 어두워지는 검은 하늘을 바라보며 짧게 생각을 정리했다.

곤륜파의 소식이 끊긴 악도현을 거쳐 다시금 잠룡본산에 복귀하려면 적어도 보름에서 스무 날 정도의 시간을 소비해야만 했다.

하나 귀환이 늦어지면 자연스럽게 의심이 생길 수 있는 법.

유겸은 착실한 성장 과정을 보여왔기에, 다른 사람들은 절대 생각할 수 없는 빠른 강호 출두의 권한을 태신청검으로부터 부여받을 수 있다고 생각하고 있었다.

그것도 생각지 못한 우청검의 명호로 말이다.

그런 상태에서 허점을 보여 공든 탑을 무너뜨리는 것은 절대 좋은 판단이 아니었다.

유겸은 시간을 맞추기 위해 미친 듯이 달렸다. 수면을 취하는 시간까지 절반으로 조정했고, 육포를 씹는 동안에도 발걸음을 옮겼다.

섬서성의 끝에 이르러 사람들의 시선을 벗어나거나 하면

경신법을 시전하기도 하고, 지름길로 가기 위해 산까지 타기도 하며 서쪽으로 향했다.

감숙성 천수현(天水縣).

상당히 먼 거리를 나흘만에 주파한 유겸은 감숙성에 당도하여 객잔에 들어섰다.

지친 몸을 달랠 겸 자리에 털썩 주저앉은 그는 지나가는 점소이를 불러 세웠다.

"여기 찬물과 수육 부탁드립니다."

간단한 주문에 점소이는 짧게 고개를 끄덕이고 사라졌다.

유겸은 다시금 동일한 상념에 잠겼다.

청해성 악도현에 가 곤륜파의 행적을 찾게 될 이후의 경우, 그리고 태신청검이 언질한 의문의 존재들과 조우하게 될 경우.

대표적인 두 주제를 비롯해 자잘한 상념들이 유겸을 압박하고 있었지만 아직까지 그에 합당한 해결책을 명쾌하게 찾아낼 수 없었다.

유겸은 무의식적으로 허리춤에 차고 있던 검을 바라보았다. 본산 문도에게만 지급되는 적월명유검(赤鉞命有劍). 이제 완벽한 자신의 신분이 느껴지는 듯했다.

그는 쓸데없는 상념을 접고 그저 눈을 감았다. 그렇게 차 한 잔 마시는 시간이 흘렀을까?

그의 시선이 문득 다른 곳으로 꽂혔다.

"그래서 어쩌자는 겁니까?"

"돌아가면 시간이 늦네. 상단 사정을 생각해서라도 명사산을 타세."

"섬서성 유성상단에 대리 수송을 부탁하신다고 해서 이곳까지 다시 내려온 게 아닙니까. 지금 다시 돌아간다는 것은 약조에 어긋납니다."

"부탁일세, 제발. 내 대금은 물자 수송이 완료되는 대로 두 배… 아니, 세 배를 지급하겠네."

"처음부터 산을 타는 위험성 때문에 다시 돌아온 것이 아닙니까? 그리고 대금의 두 배, 아니, 세 배요? 지금까지 밀린 대금만 해도 약조하신 거에 다섯 배는 됩니다. 애초에 원금을 지불할 능력이 되었으면 표주무사가 저 혼자라는 것이 말이 되지 않습니다. 이게 말이 되는 겁니까? 이곳이 상단이란 말입니까? 그냥 없던 일로 하지요."

객잔의 중앙을 차지하고 있던 일행 중 건장한 사내 한 명이 자리에서 일어나 투덜거림과 함께 바깥으로 모습을 감추었다.

그저 시선으로만 먼저 나간 장정의 뒷모습을 쫓던 중년인은 한숨을 내쉬며 탁자에 몸을 기댔다.

곡절이 있는 듯한 그들의 사정에 유겸은 계속해서 그들을 주시했다.

"걱정 마세요, 행수님. 분명 길이 있을 겁니다."

무너지는 중년인의 몸을 부축하며 빈자리로 인도하는 여인의 모습이 보였다. 검술을 익힌 듯 허리춤에 찬 검집이 눈에 띄는 여인이었다.

"이젠 틀렸다. 약조한 날이 한 달도 채 남지 않았거늘. 무너지는 상단의 모습이 훤하구나, 윤서야."

중년인은 낙담한 채 하염없이 고개를 떨어뜨렸다. 함께 자리한 몇몇의 상단원들도 중년인의 침체된 분위기에 어쩔 줄 몰라하며 쓴웃음을 지을 뿐이었다.

유일하게도 밝은 분위기를 띠며 중년인과 상인들을 격려하는 유쾌한 여인의 모습에서 유겸은 자신도 모르게 미소를 지었다.

'강한 여인이군.'

유겸은 그렇게 상황을 살필 뿐이었다.

어느새 주문한 수육이 유겸의 앞에 나와 있었다.

그때였다.

돌연 무슨 생각이 난 것인지 주변을 돌아본 여인은 얼마 지나지 않아 유겸쪽으로 시선을 멈췄다. 잠시 생각에 잠긴 듯하더니 여인은 유겸의 앞으로 단번에 다가왔다.

"저……"

“……?”

“검을 사용하실 줄 아는 분인가요?”

유겸은 익숙하지 않은 분위기에 어쩔 줄을 몰라하며 말을 받았다.

“네, 그렇습니다.”

“잘되었군요!”

“……?”

“저희 상단의 호위를 맡아주실 수 있나요? 당장 드릴 보수는 없는데.”

유겸이 받은 인상 그대로였다.

정말 재미있는 여인이었다.

第九章

인연

곤룽
기신

"…청해성으로 물자를 급히 수송해야 하는데…… 워낙 현재 강호의 흐름이 난국인지라 길목인 돈황현에서는 관저에 사전 등록하지 않은 상단일 경우 물자 수송을 거부하고 있다고 하네요."

유겸은 어느새 일행이 되어버린 상단의 선두에 서서 걷고 있었다.

홀로 움직여도 시간이 촉박하여 계획에 차질이 생길 수 있는 상태였지만, 유겸은 그녀의 제안을 덥석 수락했다.

가는 길이 같다는 이유도 한몫했지만 감숙성의 정보를 사전 파악한다는 것이 가장 앞선 목적이었다.

덕분에 여정이 시시하지만은 않았다.

자신의 이름을 윤서라고 소개한 밝은 여인의 조잘거림이 계속되었기 때문다.

"덕분에 먼 길까지 행차한 다섯 명의 표주는 약조를 어겼다며 대금의 배에 해당되는 은자금을 받고 떠나 버리고, 나머지 한 명은 끝까지 의리를 지키는가 싶더니만 결국 그 사람도 별거 없더라고요. 몸만 뒤룩뒤룩 살쪘고, 검은 또 잘 쓰나 몰라."

유겸은 오랜 벗처럼 쉽사리 이야기를 걸어오는 윤서를 의식하며 그저 앞만 보고 걸을 뿐이었다.

그는 잠시 검집을 들어 자신의 얼굴을 비추어보았다.

'확실히 노안인 건가.'

약관에 이르지도 않은 열일곱의 나이. 하지만 사람들은 자신을 어렵게 대했다.

윤서가 생각하는 유겸의 모습은 아마 이러했을 것이었다.

육 척에 이르는 키, 다부진 무골, 검을 갈무리한 상태, 나이에 비해 어른스런 말투. 그리고 노승에게서나 느낄 수 있는 무겁고, 가까이 다가갈 수 없는 분위기.

유겸은 그저 무표정으로 상황을 받아드리며 앞서 가는 윤서의 모습을 바라보았다. 그녀의 허리춤에는 검집이 메어져 있었다.

“윤서 소저는 검을 사용하실 줄 아시나 보군요.”

“아, 이거요?”

찰랑거리는 검집의 마찰음, 윤서의 몸에 알맞게 맞춰진 크기는 분명 소검류에 속했다.

유겸에 말에 능수능란한 솜씨로 단번에 검집을 들어 올린 윤서는 이내 유겸을 바라보며 대답했다.

“그냥 장식이에요.”

“……”

유겸은 또다시 웃을 수밖에 없었다.

“여검사가 되는 게 꿈이었어요.”

“……”

“화산파의 자랑스러운 매화검수가 되어, 하늘을 날고 검기를 뿌리며 약자를 돕는 그런……”

“지금은 어떻습니까?”

윤서는 웃으며 대답했다.

“여전히 꿈꾸고 있지요.”

유겸은 마주 웃으며 말해주었다.

“그 꿈, 꼭 이룰 수 있을 겁니다.”

조용히 울리는 그의 말이었다.

천수현을 떠난 일행은 며칠 지나지 않아 도성 난주현에 도착했다. 행낭이 많은 상단의 움직임이라 생각할 수 없는 빠르기였다.

상인들을 생각해 나름대로 느린 속도로 걸음을 옮겨온 유겸이었다. 하지만 갈 길이 멀었기에 하루에 제법 먼 거리를 주파했다.

유겸은 뒤를 돌아보았다. 자는 시간을 제외하고는 묵묵히 자신을 따라와 주는 상단에게 그는 고마운 감정을 느꼈다.

이 정도 속도라면 늦춰질 것이라 생각했던 여정이 예상보다 일찍 끝날 수도 있을 것 같다는 생각에서였다.

난주현에서 앞으로 필요한 물품들을 구입한 후 일행은 곧바로 서쪽으로 하루를 꼬박 걸었다.

다급한 눈초리로 계속해서 상행을 서두르는 행수 때문이었다.

그렇게 하루 종일 발에 불이 나도록 이동한 일행은 적당한 장소를 찾아 행낭을 풀었다.

"우리 상단은 섬서성 고릉현(高陵縣)에 소상단으로서 십여 년간 활동했었어요."

유겸은 천천히 고개를 들어 윤서를 바라보았다. 그녀의 입술이 달싹였다.

"이 년 전이었던가? 제가 열일곱이었을 때였을 거예요. 당

시 고릉에는 다섯 개의 이류문이 존재했는데 어떤 계기로 멸
문을 면치 못하게 되었어요."

"……."

윤서의 말은 계속되었다.

"무슨 작당을 꾸민 것인지 하루는 다섯 개의 이류문이 연
합해 일부 상단을 급습하기 시작했어요. 평소에 돈독하지 못
한 사이였던 그들이 갑자기 연합을 하였으니 분명 무슨 일이
있을 것이다 쉽사리 예상할 수 있었지요."

툭투툭—

유겸은 재로 환하는 모닥불에 나뭇가지를 능숙한 손놀림
으로 집어넣었다.

"섬서성의 모든 상권, 아니, 강호의 모든 상권은 사실상 잠
룡문의 관할 아래 있어요. 저 먼 남단의 운남성과 북건성의
상권마저 독점하고 있다니 잠룡문의 저력을 충분히 알 수 있
지요. 고릉의 전체 상단 중 팔 할 정도도 모두 잠룡문의 상권
아래 있었지요."

"……."

"그런데 그런 잠룡문 관할 아래의 상단을 이류문 연합이
부수고 불을 지르고 박살 내니, 고릉은 금세 무법지대가 되었
지요. 그 안에 우리 상단도 포함되어 있었고요."

윤서의 시선은 상단의 행수에게로 가 있었다.

"장장 이십 년의 세월 동안 고릉에서는 제법 알아주는 상단으로 키워서 고릉에만 객잔을 두 지점이나 가지고 있던 행수님이었는데, 그때의 일로 거의 모든 것을 잃고 다시 처음부터 시작할 수밖에 없었어요. 지금처럼."

유겸은 나름대로 생각할 수 있었다. 이류문 연합의 공격 후 잠룡문도들이 섬서성 곳곳에 파견되어 그들을 충분히 제압할 수 있었지만, 이미 피해를 본 상권은 본산으로서도 어쩔 수 없었다는 소식을 들은 적이 있다.

"상단의 규모는 기하급수적으로 작아지게 되었고, 상황이 여의치 않자 다시 처음처럼 물자 수송부터 시작할 수밖에 없는 사정에 이르게 되었어요."

윤서는 그 말을 끝으로 털썩 자리에 누워 하늘을 바라보았다. 유겸 역시 무의식적으로 그녀의 시선을 따랐다.

별이 산개한 밤하늘이었다.

이어지는 노곤함에 기지개를 켠 윤서가 말을 이었다.

"저에게 있어서 행수님은 아버지와도 같은 존재예요. 실질적으로 여인이 상단에서 할 수 있는 일은 없는데도 불구하고 속하 여급으로 받아들여 주시고, 매번 부족한 모습을 보여 드리는데도 절대 저를 나무라시지 않는 모습을 보면 살아생전 한 번도 보지 못한 아버지가 연상되거든요."

'아버지라……'

갑작스럽게 과거가 상기되는 유겸이었다. 곤륜산에 버려져 영락없이 죽음을 맞이해도 이상할 것이 없었던 자신. 그런 자신을 거두어준 이름 모를 본산 제자가 아니었다면 지금 이 자리까지 올 수 있었을까 간혹 상념에 잠기던 유겸이다.

곤륜산.

실질적으로 그것이 유겸의 아비와 어미였다.

문득 자신의 소식을 기다리고 있을 운사유의 모습이 생각났다. 자신에 대한 기대가 만만치 않은 운사유의 모습이 어떻게 보면, 유년 시절이 전무했던 유겸, 심명 선인에게 있어 처음으로 알게 된 부모라는 느낌이었다.

하지만 태신청검의 직계제자에 오르기 위해서는 속세와의 미련을, 가족과의 연줄을 끊어야 한다는 말이 있었고, 운사유와 유겸은 어쩔 수 없이 서로를 등질 수밖에 없었다.

쓸쓸히 뒤돌아서는 운사유의 모습이 떠오르자 유겸은 걷잡을 수 없는 씁쓸함이 느껴질 뿐이었다.

"어째서 우리 상단이 이 지경까지 오게 되었을까요."

"……."

조심스럽게 달싹이는 윤서의 입술. 유겸은 그저 묵묵히 그녀를 바라볼 뿐이었다.

윤서는 생각을 정리한 듯 그저 말을 이었다.

"사실 이 모든 사건의 원흉이며 온 강호 무림을 들썩이게 하는 것은 다름 아닌……."

유겸과 윤서의 시선이 공중에서 맞닿았다.

"잠룡문 때문이에요."

밤이 깊어지고 새벽에 이르렀다. 뭐가 그렇게 급한 것인지 마을 하나를 지나치며 휴식을 다음으로 미루는 행수의 의견에 따라 일행은 새벽길을 걷고 있었다.

새벽길에 오른다는 이유로 무의식적으로 생각이 많아진 유겸이다. 특히나 때마침 곤륜산에 대한 향수에 잠겨 있었고, 적적함이 묻어나는 쓸쓸한 발걸음이 계속되고 있었다.

"검을 잘 사용하는가?"

유겸은 불쑥 느껴지는 기척에 눈을 돌렸다. 그리고 이어지는 당연한 질문.

하루 종일 말수 적은 유겸을 상대한 윤서는 피곤한 나머지 수레에 몸을 누인 채 잠들어 있었다. 조용한 새벽이었기에 들판에서 흔들리는 갈대 소리밖에 들려오지 않았다.

이어지는 상단 행수에 기척에 유겸은 짧게 대답했다.

"네……."

무뚝뚝한 대답. 하지만 유겸의 호수처럼 미동없는 눈빛에 행수는 다음 말을 이었다.

"내 소개가 늦었군. 내 이름은 건명(建明)일세."

"운유겸입니다."

건명은 미소 지었다.

"젊은 친구가 패기가 만발하군. 어디로 가는 중이었나?"

항상 무거운 분위기에 말하는 모습을 본 기억이 없었기 때문에 행수의 성향을 파악할 수 없었던 유겸이다.

하루라도 고민하지 않는 행수의 모습을 보지 못했기에 유겸은 자신이 모르는 곡절이 상단에 있을 것이라 대강 예상할 수 있었다.

하지만 그 고민을 잠시 동안 뒤로 미룬 듯 자신을 찾은 행수의 모습에 유겸은 그저 질문에 대답할 뿐이었다.

"감숙성 서방 산지로 가는 중이었습니다. 거기서 일을 마치고 곧장 청해성 악도로 향하는 여정에 오를 생각입니다."

이어진 유겸의 답변에 건명의 얼굴은 살짝 굳어졌다.

"감숙성 서방 산지라면 대설산과 명사산 쪽이겠군. 그러면 그곳에 대한 소문은 이미 들었나?"

"무슨 소문 말입니까?"

"아, 아닐세."

건명은 유겸이 흔쾌히 제안을 수락했을 때 이미 그 지방의 사정을 알고 있을 거라고 생각했다. 하지만 대화를 해보니 전혀 아니었기에 당황할 수밖에 없었다.

유겸은 건명의 반응에 의아해했지만 천천히 그의 시선을

살피며 말을 이었다.

"어떤 사정이 있는지는 몰라도 한 번 수락을 한 이상 저버리지 않습니다. 걱정 마십시오."

유겸의 말에 건명은 그제야 말을 이었다.

"……윤서, 그 아이가 얘기한 대로 청해성으로 가는 방법은 돈황현밖에 없네. 거기다 경계 관문의 통과 의례를 거쳐야 하지. 때마침 우리 상단에서 청해성으로 물자를 수송해야 하는 일을 맡게 되어 돈황에 이르렀지만, 값비싼 은자금을 지불할 능력이 없어서 결국 발이 묶이는 상황이 발생했다네."

건명의 말은 계속되었다.

"시간이 지나도 해결할 방법을 찾지 못하자 어쩔 수 없이 산행을 염두하게 되었다네. 하지만 함께한 다섯 명의 표주무사가 난색을 짓더군, 유일한 산행 길목인 명사산은 위험성이 크다고."

"녹림도들이 출현하는 지역입니까?"

"나야 자세한 정황은 잘 모른다네. 그저 표주들의 의견이 워낙 완강했기에 포기하고 섬서성으로 돌아갈 생각을 할 수밖에 없었다네. 하지만……."

건명은 고개를 떨어뜨렸다.

"여기서 돌아가게 된다면 우리 상단은 영원히 끝장나는 것과 다를 바 없기에 다시 돌아올 수밖에 없었지. 나도 이제 어떻게 될지 막막하기만 하다네.”

'감숙성의 녹림도들이라…….'

기본적으로 녹림도들이 출몰하는 지역은 한정되어 있었고, 감숙성서 녹림도들이 있다는 소식은 아직 접한 적이 없었다.

어떤 이유가 되었든, 당장 유겸은 맡은 임무를 충실히 해야겠다는 생각밖에는 들지 않았다.

감숙성 난주를 넘어 고랑현(古浪縣), 민악현(民樂縣), 그리고 장액현(張掖縣)에 이르기까지 일행이 소비한 시간은 보름이 되지 않았다.

비교적 짧은 여정 후, 열 명 남짓한 상인들은 장액에서야 겨우 여장을 풀고 이틀의 휴식 시간을 가질 수 있었다.

물론 갈 길이 멀다고 주구장창 외치는 건명의 거듭되는 발언 때문에 사흘에서 이틀로 줄어든 것이긴 했지만, 그것만으로도 충분히 지친 일행에게 단비가 되어주었다.

“…세간을 떠도는 곤륜에 대한 소문은 거의 없다네. 상단 일이란 게 수많은 상단과 문파를 거치며 하는 일이라 간혹 강호인들과 만나게 되는 경우도 있지. 하지만 잠룡문 말곤 요새 큰 화제가 되었던 소림사를 제외하고, 타문파의 이야기는 딱히 나오지 않는 편일세.”

일행은 모처럼 한자리에 모여 앉아 기름진 음식과 술을 벗삼아 담소를 나누고 있었다.

건명은 예상외의 유겸의 질문에 성실히 답했다.

"더군다나 곤륜파라고 한다면…… 멸문에 이르지 않았나 여겨지네."

건명의 말에 유겸의 시선이 일순간 싸늘히 굳어졌다. 하지만 워낙 짧은 순간 벌어진 일이었기에 그것을 느낀 사람은 아무도 없었다.

멸문…….

유겸에게 있어서는 믿을 수 없는 말이었다. 곤륜이 더 이상 남아 있지 않다면, 그의 목적은 무용지물일 수밖에 없었다.

육안으로 확인할 수 있는 방법이 없고 직접 찾아가는 데에는 시간이 걸리니, 유겸은 심신적으로 많이 지쳐 갈 수밖에 없었다. 그렇다고 그 심정을 겉으로 내비치진 않았다.

거듭 잔을 돌리며 이야기꽃을 피워가고 있던 유겸은 일순간 이질적인 느낌을 받았다.

"음……?"

짧게 자신을 훑고 가는 느낌.

누군가가 자신을 주시하고 있는 듯한 감각에 유겸은 뒤를 돌아보았지만, 때마침 들어오는 많은 사람들로 인해 정황을 밝히는 데는 실패했다.

'조금 피곤한가 보군.'

다른 상인들도 그렇다 하지만, 유겸 역시 이들과 합류하기 이전부터 쉬지 않고 이동했기 때문에, 사실상 많이 노곤했다.

그런 상태가 보름에 가까운 시간 동안 지속됐으니 몸이 먼저 지치는 건 자연스러운 결과였다.

"행수님, 윤서는 어디에……?"

화기애애한 분위기가 이어지고 있던 무렵. 일행을 둘러보며 잔을 돌리던 사내 한 명이 건명을 보며 말했다.

건명과 함께 상단의 일거수일투족을 책임지는 부행수를 역임하고 있는 오량이라는 사내였다.

"잠깐 표국에 들러 남은 표주무사들이 없나 알아보고 온다더군."

건명의 대답에 가장 구석에서 술잔을 기울이고 있던 짐꾼 석계가 말을 덧붙였다.

"별일이야 있겠습니까? 곧 돌아오겠지요."

순간 일행의 시선이 유겸에게로 집중되었다.

허리춤의 검집이 어울리지 않은 호리호리한 몸, 기생오라비처럼 제법 잘생긴 인상. 무인과는 다소 상반되는 오묘한 구석이 있는 청년이었다. 그것이 상인들이 보는 유겸의 모습이었다.

유겸은 그들이 자신의 무위를 짐작하고 있다는 느낌을 강하게 받았다.

그는 그저 쓴웃음을 지으며 잠자코 있었다.

"그래도 나간 지 반 시진하고 일다경은 지난 것 같은데 너무 늦어진다고 생각하지 않습니까?"

"뭐, 곧 들어오겠지."

일행은 그렇게 대화를 정리했다.

그후 일각의 시간이 더 흘렀다.

윤서는 좀처럼 돌아올 기미가 보이지 않았기에 슬슬 유겸과 행수에게로 뜻을 묻는 시선이 모아졌고, 유겸이 검을 들고 바깥으로 나갈 찰나였다.

"그만하세요!"

비명 소리와도 같은 외침이 들렸다. 일행은 그것이 익숙한 윤서의 목소리라는 것을 단번에 알 수 있었다.

도망치다시피 객잔 안으로 뛰어들어 오는 윤서, 그리고 산적 나부랭이와도 같이 생긴 거한들이 그녀를 뒤따라 들어왔다.

일행이 있는 듯 윤서를 바라보며 실실 웃는 거한의 숫자는 다섯이 넘어갔다. 무위를 자랑하고 싶어하는 듯 허리춤에 매달린 병기들이 인상 깊은 자들이었다.

"……"

윤서의 시선이 상인들에게 향했고, 일행은 예상치 못한 상황에 어쩔 줄을 몰라 하고 있었다.

그때,

유겸이 천천히 자리에서 일어나 거한들에게로 발걸음을 옮겼다.

"넌 뭐야?"

윤서의 얇은 팔목을 잡고 있던 거한은 갑작스러운 유겸의 등장에 험악하게 외쳤다. 쩌렁쩌렁 울리는 외침에 장내는 순간 조용해졌고, 모든 시선이 유겸에게 집중되었다.

육 척에 달하는 키인 유겸이었지만 거한의 앞에서는 어린 아이로밖에는 보이지 않았다. 때문에 거한은 유겸을 상당히 우습다는 듯 내려다보았다.

유겸이 뒷짐을 지고 거한을 노려보자, 그는 참지 못하고 재빠르게 유겸을 향해 오른손을 날렸다.

부웅—

거친 파공음이 울릴 정도의 파괴력을 담은 거한의 오른손. 인간의 손에서 나오는 소리가 맞나 할 정도로 큰 소리였다.

상황을 지켜보던 사람들은 실눈을 뜨며 안타까운 눈초리로 유겸에게 시선을 보냈다. 몇몇 사람은 유겸의 명을 벌써부터 달래고 있을 정도였다.

'건방지군.'

생각보다 많이 지친 상태였기에 유겸은 갑작스럽게 짜증

이 밀려올 수밖에 없었다.

그에게는 너무나도 느리게 느껴지는 공격이었다. 그는 한 박자 빠르게 오른발을 세 자 이상 틀며 거한의 공격을 가볍게 피해내었다. 동시에 왼쪽 발을 들어 올려 거한의 정강이를 냅다 걸어 올렸다.

유겸의 재빠른 대응과 자신이 내지른 강한 힘에 휘말려 거한은 앞으로 내동댕이쳐졌다.

하지만 거기서 끝난 것이 아니었다.

유겸의 일장이 앞으로 쏠리는 거한에게로 이어졌다.

퍽—

둔탁한 소리를 내며 거한의 가슴팍에 정확히 꽂힌 일장에 그는 허공을 훨훨 날아 객잔 벽에 부딪치는 꼴을 면치 못했다.

차앙—

놀란 거한의 일행은 단번에 발검하며 유겸을 노려보았다. 순식간에 이어진 매끄러운 반격, 단순한 일장, 한 방에 일행이 고꾸라졌기에 거한의 일행은 어쩔 줄 몰라했다.

예상치 못한 유겸의 실력.

객잔에 모여 있던 모든 사람들은 숨을 죽이며 유겸의 행동 하나하나에 주목했다.

윤서의 손을 잡아 일행에게 인도한 유겸은 청포 안에 갈무리되어 있던 검집을 천천히 내보였다. 소담스러운 천에 가볍게 싸여 있던 검집이 드러나며 적월검이 개방되려 했다.
　유겸은 쓴웃음을 지으며 앞을 바라보았다.

　감숙성 장액의 육괴(六怪)라는 말이 있었다.
　장액을 본거지로 삼아 패악질을 일삼는 여섯 명의 거한을 지칭하는 말이었다.
　입만 잔뜩 산 다른 패거리와는 다르게 실질적인 실력도 만만치 않은 이류무사 출신이었고, 깡촌 시골 표국에서 그들과 맞서 싸울 만한 표주무사들은 없다고 보아도 무방했다.
　날이 갈수록 그들의 만행은 늘어가기만 했고, 육괴는 대상을 정확히 가리고 활동했기에 강호인과 마찰을 일으킬 일도 없었다.
　덕분에 범인들이 접하는 고충과 피해는 상상을 초월했다.
　몇몇 아녀자들은 육괴에게 추행을 당하기도 했으며, 심할 경우 겁간까지 이르는 등, 그들의 만행은 극에 이르고 있는 상태였다.
　오랜만에 그들의 시야에 들어온 도시 처녀의 등장을 가만 놓칠 육괴가 아니었고 대사를 치르기 위해 몸을 움직였거늘……
　퍽—

순식간에 허공을 날아 벽에 부딪친 육괴의 실질적인 행동 대장 인육이 인사불성이 되자, 그들은 사태의 심각성을 인지했다.

차앙―

이내 곧장 검을 개방해 예상치 못한 괴력을 갈무리한 사내를 바라보았다.

이제 갓 약관에 이른 듯한 어린 인상. 외관상 인육의 상대가 절대 될 수 없는 애송이였기에 동요는 더욱 커져만 갔다.

사내가 검을 빼 들려 하자 위험성을 느낀 오방이 재빠르게 도약하여 검을 찔러 넣었다.

허벅지와 중단 사이를 노린 엄청난 빠르기의 쾌검이었다. 아직 채 발검하지 못한 애송이는 허리가 두 동강이 나 절명할 것이 분명했다.

탁.

이번에는 조금 둔탁한 소리가 장내를 갈랐다. 가볍게 오방의 공격을 피해낸 애송이가 발검도 하지 않은 채 검집으로 오방의 정수리를 강하게 내리찍은 것이다.

수박이 갈라지는 듯한 소리가 장내에 울렸고, 오방의 고개는 바닥에 처박힐 수밖에 없었다.

유겸이 힘을 조절했기에 오방이 입은 피해는 다행히도 혼절로 그쳤다.

"쳐라!"

사태의 심각성을 명확히 느낀 남은 육괴 일행은 한번에 쓰러뜨리기 위해 유겸을 포위했다.

순식간에 유겸의 사방을 포위한 네 명은 다리, 팔, 머리, 몸을 정확히 겨냥하여 달려들었다. 단 일 합에 싸움을 끝내려는 생각이었다.

호흡이 잘 맞아떨어지며 유겸의 방위를 모두 점령한 육괴는 속으로 쾌재를 질렀다. 이번만큼은 절대 피할 공간이 없었다.

그때였다.

쩌엉—

맑은 소리가 장내를 울리며 애송이가 발검을 했다. 초승달의 끝처럼 갈라진 두 개의 검날은 기괴스럽게 날이 서 있었다.

검신의 색깔은 핏빛과도 같은 적색. 잠룡문의 상징인 적월검의 등장이었다.

하지만 워낙 시골구석이었기에 적월검, 그것도 본산문도에게만 배급되는 적월명유검의 존재를 알아채는 사람은 아무도 없었다. 설사 무림인일지라도 소수를 제외하고는 정월명유검의 정체를 아는 자가 드물 것이다.

순식간에 발검한 유겸은 우아한 동작으로 회전했다. 사방으로 치닫는 검의 축을 찾아 그가 가볍게 검풍을 시전했다.

쩌저저적―

네 개의 검날이 동강이 나며 바닥으로 떨어졌다. 더욱 놀라운 광경은 네 명의 육괴 역시 허공을 날아 객잔 끝 벽에 요란하게 처박혔다는 것이다.

이 모든 상황이 한순간에 벌어진 일이었기에 지켜보고 있던 사람들은 일순간 침묵에 휩싸였다.

척―

아수라장이 된 객잔을 바라보며 유겸은 그저 검을 갈무리했다.

장내의 모든 사람들은 입을 벌린 채 유겸을 멍청히 바라볼 뿐이었다.

이튿날.

장액관저 앞에 그 유명한 육괴가 인사불성이 된 채 포박되어 놓여 있었다.

평소 눈엣가시처럼 느껴지던 그들은 얼마 지나지 않아 장액현 현감저에서 내려온 무사들에 의해 관아로 압송되었다.

소동이 일단락된 객잔은 장액현의 흉이 사라졌다는 이유 하나만으로, 싸움의 피해도 잊고 기쁜 마음으로 짧은 연회를 벌렸다. 온 마을 사람들이 초대되었고, 그날만큼은 어떠한 돈도 받지 않는 훈훈한 광경이 벌어졌다.

거듭 마다하는 객잔주의 만류에도 불구하고 끝내 손해를 배상하기 위해 금전을 놓고 온 유겸과 일행은 휴식을 하루를 줄여 장액을 벗어나고 있었다.

슬슬 산행이 시작되려는 찰나였다.

들판을 벗어나 비교적 낮은 지대만을 가로지르던 일행에게도 고난이 찾아오고 있었다.

적적한 하늘을 바라보며 나름대로의 상념에 잠겨 있던 유겸은 건명의 인기척에 고개를 돌렸다.

"정말로 가, 강호인이었군, 자네."

"……."

유겸은 건명의 말에 그저 쓴웃음을 지었다.

"상단을 대표해 사죄하네. 자네의 실력을 의심하고 있었네."

"괜찮습니다."

"행여나 기분이 나빴다면 이해해 주게. 제대로 된 격식을 갖추지도 못한 상단의 표주무사가 되어달라는 제안을 흔쾌히 수락해 주는 자네의 모습에 잠시 의심할 수밖에 없었던 것이니……."

"이해합니다."

유겸은 그저 짧게 대화를 끝냈다. 그래도 부족했던 건명은 거듭 유겸에게 사죄를 하였고 그는 진지하게 응답했다.

그늘이 졌던 상인들과 건명의 모습에서 어느덧 긴장감은 풀어지고, 그제야 발걸음에 힘이 솟는 것 같다는 느낌을 유겸은 간접적으로 받을 수 있었다.

"어쩜 그렇게 감쪽같이 실력을 속일 수 있지요?"

건명과의 대화가 끝나자 이번에는 잠자코 유겸을 관찰하고 있던 윤서가 다가왔다.

항상 그와 나란히 걷던 윤서는 유겸과 두 보 이상 떨어진 채 하루 이틀을 보냈었다.

평소의 다소 시끄러웠던 모습과는 상반되는 태도였기에 유겸은 의아해하고 있었다.

그가 아무런 반응을 보이지 않자 윤서는 그에게 다가가 말을 이었다.

"어떻게 저를 속일 수 있냐구요."

"무엇을 말입니까?"

"검술 실력 말이에요."

유겸은 그저 미소 지었다.

"속이지 않았습니다. 단지 이야기를 하지 않았을 뿐이지요."

"아무튼 대단해요. 그렇게 큰 거한들을 한 주먹에, 그것도 훨훨 날려 버릴 수 있다는 것 말이에요."

자신의 행동을 따라하는 윤서의 모습에 유겸은 살짝 미소
를 지어 보였다.

"……?"

이내 그는 의아한 표정을 지을 수밖에 없었다. 그와 거리를
두고 걷던 윤서가 어느새 그에게 가까이 다가서더니 그의 얼
굴을 뚫어지게 바라보고 있었기 때문이다.

"부탁이 있어요."

이어진 윤서의 말에 유겸은 난색을 지었다.

"무엇입니까?"

"어렵지 않은 거예요."

"……."

꿀꺽—

"검술을 가르쳐 주세요."

*   *   *

"오늘도 시간은 칼같이 지키는군."

"……."

감숙성 장액의 유일한 객잔인 청아루의 루주 명원(銘原)은
슬슬 사람들이 몰리는 저녁때를 준비하기에 앞서 대문을 열
기 위해 바깥으로 나갔다.

문을 열고 닫는 횟수가 많아지기 때문에 미리 고정시켜 두려는 생각에서였다.

약속이라도 한 듯 그곳에는 키가 큰 사내가 개문을 기다리고 있었다. 익숙한 표정으로 그에게 인사를 건넨 명원은 눈짓으로 인사를 받는 사내를 안으로 안내했다.

"저번에 미리 말했던 육포와 경단을 받아두었네. 영차! 그나저나 이렇게 무거운 것을 매번 혼자서 들고 갈 수 있는가?"

사내는 명원의 말에 그저 말없이 고개를 끄덕였다.

'재미없는 놈.'

명원은 속으로 중얼거리며 말없는 사내를 훑어보았다. 허리춤에 갈무리한 검, 육 척을 가볍게 넘어가는 훤칠한 키, 동시에 칙칙한 검은색의 장포…….

깊은 산 속에서 수련과 도만을 닦는 검객처럼 조용하며 싸늘한 기운이 감도는 사내였다.

명원이 공급하는 육포와 경단은 한 사람이 두 달은 먹을 수 있을 법한 엄청난 양이었다. 그 부피와 무게도 범인으로서는 감당하기 힘들었기에 명원은 두어 차례 낑낑대고서야 옮길 수 있었다.

하지만 사내는…….

쿵—

단번에 들어 올려 명원에게 받은 짐을 내려놓은 사내는 늘

앉던 곳에 자리하고 명원을 바라보았다.

명원은 능숙하게 탁주를 따라 사내에게 가져갔다.

이렇게 탁주와 물품을 건네받고, 정확히 한 시진이 지난 후 물건값을 치르고 객잔을 떠나는 것이 사내의 반복적인 행동이었다.

무려 이 년 동안 변함없는 사내의 행동이었기에 명원은 이제 그가 딱히 주문을 하지 않아도 알 수 있었다.

묵묵히 술잔을 입에 가져가는 사내의 모습을 확인하고, 명원은 손님 맞을 준비를 계속했다.

늘 그렇듯이 시각은 초저녁에 이르렀다. 동시에 사람들이 하나둘씩 노곤한 몸을 이끌고 청아루의 모습을 드러내 자리를 차지했다. 조용했던 장내는 사람들이 한 명 한 명 채워질수록 시끄러워졌고, 바쁜 나머지 명원은 직접 점소이들을 지휘하며 손님 접대를 시작했다.

언제나 그랬듯이 그 즈음 사내의 존재감이 자연스럽게 객잔에서 사라졌다.

나흘에 한 번.

곤륜파 도가검수 염화웅(廉火雄)이 장액에 모습을 드러내는 주기였다.

그는 명원이 가져다준 독한 탁주를 한 모금 목으로 털어 넣으며 피곤한 육신을 달랬다.

쳇바퀴와도 같이 똑같은 반복이었지만, 나름대로 곤륜파의 새 은신처를 지키는 방법이었다. 다른 사람들이 보기에는 절대 그렇지 않겠지만.

염화웅이 주기적으로 청아루까지 내려와 자리를 잡고 시간을 보내는 것은 다름 아닌 사람들의 말 한마디 한마디 때문이었다.

현재 강호의 흐름을 알 수 있는 유일한 방법.

무림맹의 시야에 노출되지 않고 이 년이란 세월 동안 연명할 수 있던 것은 모두 이러한 방법 덕분이었다고 장담할 수 있었다.

장액이라는 변방에서 제대로 된 소식을 접하기는 힘들다. 하지만 보다 정확하고 많은 소식을 접하기 위해 남진을 하면 문파의 본거지가 발각당할 여지가 있었다. 그렇기에 염화웅은 장액에서의 생활에 만족할 수밖에 없었다.

그날도 어김없이 탁주 한 잔을 동무 삼아 사람들의 잡담에 귀를 기울이고 있던 염화웅이었다.

하지만 언제나와 마찬가지로 별다르게 주의할 이야기는 오가지 않았고, 큰잔에 따라놓은 술잔도 어느덧 거의 비어갔기에 그는 이내 자리에서 일어나 명사산으로 복귀하려 했다.

"……세간을 떠도는 곤륜에 대한 소문은 거의 없다네. 상단 일이란 게 수많은 상단과 문파를 거치며 하는 일이라 간혹 강호인들과 만나게 되는 경우도 있지. 하지만 잠룡문 말곤 요새 큰 화제가 되었던 소림사를 제외하고, 타문의 이야기는 딱히 나오지 않는 편일세."

마지막 남은 술을 털어 넣기 위해 술잔을 입술에 가져가던 염화웅의 손이 떨린 것은 그 순간이었다.

예상치 못한 이야기의 등장.

문파의 간담을 서늘하게 할 수 있는 내용이 객잔 안을 채우고 있던 것이다.

귀에 내력을 얹어 사람들의 짧은 말 한마디 한마디를 놓치지 않고 경청하던 염화웅의 표정이 진지하게 굳어지며, 곤륜파의 대한 이야기를 주고받고 있느 곳으로 집중했다.

염화웅은 빠른 손놀림으로 검집을 움켜잡으며 뒤를 돌아보았다.

상단이라 생각되는 무리와 이제 막 약관에 이른 듯한 검수가 함께 자리하고 있었다.

염화웅은 자신도 모르게 이름 모를 검수를 뚫어지게 관찰했다.

그 순간 지나가는 사람들의 어깨너머로 염화웅이 있는 쪽을 살피는 사내의 모습을 발견할 수 있었다.

강호인…….

　장내가 급작스럽게 시끄러워지며 손님들이 우르르 들어서
는 순간이었기에 염화웅은 검수의 시선을 피할 수 있었다. 하
지만 염화웅은 낯선 검수의 등장에 긴장할 수밖에 없었다.

　'절대 좋은 목적으로 온 것이라 생각되지 않는다.'

　명사산의 산적을 토벌하여 그들이 일구어낸 터를 본거지
로 삼아 녹림도의 행세를 하며 훗날을 기약하고 있는 것이 지
금의 곤륜이었다.

　녹림도들의 행패에 위험을 감수하며 명사산을 거치는 청
해성행을 택하는 상단도 없어졌기에 곤륜파는 아무런 방해
없이 그 세력을 조금씩 되찾아가는 중이었다.

　뿔뿔이 흩어졌던 본산검수들도 소식을 듣고 속속들이 복귀
하고 있었기 때문에 드디어 재건의 꿈을 키울 수 있는 상황.

　이 년 동안 단 한차례도 없었던 강호인의 출현은 염화웅의
가슴을 들끓게 만들고 있었다.

　그는 처음으로 객잔에 오래 머물며 사내를 관찰하기로 했다.

　그렇게 잠시 후,

　여인의 비명 소리가 들렸고, 일단의 거한들이 객잔에 모습
을 드러내었다. 장액의 육괴라고도 불리는 파렴치한들이었다.

　시간이 흐르자 염화웅은 육괴의 손에 잡혀 있는 여인이 상
단의 일행임을 짐작할 수 있었다.

　그 순간 잠자코 앉아 있던 젊은 검수가 자리에서 일어나며

육괴 일행에게 다가갔다.

"……."

젊은 검수의 무공 수위를 볼 수 있는 좋은 기회. 염화웅은 천천히 남은 탁주를 목에 털어 넣으며 전투가 벌어지길 기다렸다.

젊은 검수의 계속되는 따가운 시선이 못마땅한 듯 육괴 중 한 명이 냅다 손을 걷어붙였고, 상황은 염화웅이 예상한 대로 흘러갔다.

빠각—

역시나 젊은 검수는 재빠른 손놀림으로 거한을 제압했고, 이에 놀란 육괴 일행은 발검하며 대치 상태를 만들었다.

젊은 검수는 귀찮다는 표정으로 허리춤에 위치한 검집을 들어 올렸다.

소담스러운 천으로 둘러싸인 소검류.

그리고 너무나도 익숙한 검신.

염화웅의 얼굴이 일그러졌다.

"잠룡문……."

잊을 수 없었다.

수많은 문파의 제자들이 적월검에 목숨을 잃었고, 아직 채 자라지 못한 유아 제자들까지 손과 발이 절단되어 비명조차

지르지 못하고 죽어간 생생한 기억들.

염화웅은 주체할 수 없는 투심에 자리를 박찼다. 급작스럽게 경신법을 사용해서 놀란 근육들이 비명을 질러댔지만 염화웅은 개의치 않고 무작정 달려나갔다.

그 자리에 계속 있었다면 무슨 일이 벌어질지 몰랐다.

순식간에 이성을 잃고 폭주하며 날뛰었을 것이다. 그만큼 염화웅은 지금의 감정을 주체할 수 없었다.

"적월검!"

도망치는 순간에도 날아들던 붉은 검신.

공격을 피해 끝까지 도주하는 제자들의 모습과 자신을 대신하여 검신에 몸을 던진 사제들의 안타까운 모습이 다시금 염화웅의 머릿속에 그려지자, 그는 미쳐 버릴 것만 같았다.

잠룡문도의 검, 적월검!

절대 잊을 수 없는 기억의 파편이었고, 용서할 수 없는 기억의 일부분이었다.

순식간에 마을을 벗어난 염화웅은 서쪽으로 무작정 내달렸다. 길이 나지 않은 산 속을 거친 보폭으로 질주했기에 장포는 찢어지고 잦은 생채기가 몸에 생겨났다. 하지만 염화웅은 비호처럼 서쪽으로 내달릴 뿐이었다.

목적지는 명사산의 끝자락과 이어진 기련산(祁連山) 초입이었다.

기련산.

일명 남산(南山)이라고도 불리는 중원의 명산이다.

기련산이 자태를 뽐내고 있는 위치는 감숙성 장액현 서남
방에서 시작된다. 작은 봉우리에서 시작되는 산맥의 위용은
성계(省界)까지 이어지며, 계절따라 갈아입는 아름다운 외관
은 수많은 사람들의 발걸음을 이끌기도 한다.

길고 긴 산맥의 위용은 전경 수천 리나 되며, 서쪽으로는
대설산(大雪山)과 명사산까지, 나아가 청해성까지 연결되어
있다.

산맥 주변 곳곳에는 마치 날카로운 장창을 세운 듯한 봉우
리들이 구름을 뚫고 하늘을 떠받들고 있었고 까아지른 벼랑
은 잘 만들어진 병풍을 연상케 한다.

초입부터 협곡 형태를 띠고 있는 기련산은 벼랑과 벼랑이
작은 입구의 형태를 만들고 있다는 것으로도 유명했다. 이런
지형적 특성을 이용해 수십 년 전부터 녹림도들이 출몰하기
로 유명한 곳이었지만 몇 년 전 있었던 대대적인 소탕 작업
이래 지금은 산의 아름다운 경색만이 남아 있기로 유명했다.

"음……?"

산적 같은 녹색의 복장.

기련산 초입의 높은 협곡 지대에서 산 아래를 내려다보던

천강(穿强)은 멀리서 다가오는 기척을 감지하고 오른손으로
입을 가리며 호각을 불었다.

산등선을 메아리치는 높은 색의 기괴한 음이 산 일부로 전
해졌다, 평소 사람의 행적이 적은 그곳으로.

그러나 메아리처럼 울린 호각 소리와 함께 주변 곳곳에서
일단의 사람들이 모습을 드러내었다.

복식은 가지각색이었지만 눈빛만큼은 천하제일인이 부럽
지 않았다.

돌출된 태양혈.

산적의 것이라고는 절대 생각할 수 없는, 절정의 무위를 가
진 인영들이 두루 보이는 이색적인 모습.

열 명 남짓의 장정들이 모습을 드러내고 다가오는 기척을
살폈다.

잠시 후, 산적들은 시야에 잡힌 익숙한 인영에 목소리를 높
였다.

"아니, 사형!"

그는 다름 아닌 염화웅이었다. 그의 모습을 확인하자 일단
의 무리는 가파른 절벽을 평지 달리듯이 타고 내려갔다.

산적의 복식을 한 채 기련산의 초입에 진을 치고 대기하고
있던 이들은 다름 아닌 곤륜파의 제자들이었다.

지금은 곤륜파의 본산이라 할 수 있는 명사산의 출입을 간

접적으로 통제하기 위하여, 명사산 주변은 물론 동쪽 초입이
되는 기련산까지 영역을 확장하여 모든 난제를 사전 통제하
고 있었던 것이다.

　"무슨 일이 있었던 겁니까?"
　나흘 거리에 있는 장액에 육포와 건량 및 경단을 수급하기
위해 갔던 염화웅이고, 귀환하려면 원래 이틀은 더 있어야 했
다.
　하지만 잔뜩 어질러진 모습으로 이틀이나 빨리 돌아온 염
화웅이라니…….
　귀신이라도 만난 듯 잔뜩 긴장된 눈초리로 사제들을 바라
본 염화웅이 이내 진정하며 말을 이었다.
　"장로님께…… 장로님께 전해라. 잠룡문이다."
　"……!"
　염화웅의 한마디에 모든 곡절이 담겨 있었다.
　"곧 잠룡문도가 올 것이다."

　명사산 중턱, 서른여 채의 집이 존재하던 이전의 모습과는
다르게 나름대로 체계와 구성을 갖춘 여러 건물이 건립되어
있었다.
　하나의 마을이라고 불러도 부족함이 없는 곳. 그곳은 현재

곤륜파의 재건이 본격적으로 이뤄지고 있는 새로운 본산이었
다.

"그 말이 사실이렸다?"

오율 진인은 보고를 다시금 상기하며 말을 이었다. 긴 머리
를 한쪽으로 묶고 태산과도 같이 서 있는 모습이 하나의 문파
를 선동하며 이끌어가기에 전혀 부족함이 없어 보였다.

"기련산 도가검수 열천강의 보고이옵니다. 기련산 선진부
대의 대주를 맡고 있는 염화웅이 남진하여 장액에서 물자와
정보를 수급하는 와중, 상단의 표주무사로 위장한 잠룡문도
의 신원을 확인할 수 있었고, 정황과 가고자 하는 길목을 따
져보았을 때 목적지는 명사산일 듯합니다."

무거운 분위기. 굳건히 직립하여 전방 네 개의 관문을 사수
하며, 정찰을 맡는 제자들의 모습까지 훤히 보이는 부락의 중
심.

오율 진인은 거듭되는 웅사남의 말에 표정을 굳혔다.

"상단의 표주무사로 위장했다는 것은 어쩌면 우리의 새로
운 명사산 본산이 발각되었다는 의미일지도 모른다. 잠룡문
의 정보망은 이미 청해성 악도에서의 일화를 생각했을 때 충
분히 예상할 수 있다. 명사산에 올라 우리의 흔적을 확인하고
본산으로 복귀하려는 계략임이 분명하다."

오율 진인의 깔끔한 분석은 자리에 모여 있는 모든 제자들

과 도가검수들을 납득시켰다.

오율 진인의 말을 경청하고 있던 도가검수 벽천량(碧千梁)이 말을 이었다.

"그렇다면 지금 위장 잠입을 하려고 드는 잠룡문도를 척살하게 된다면……."

"잠룡문이 자연스럽게 우리의 새로운 본거지를 찾을 수 있다는 말과도 같지. 지금 그 녀석을 살려 보내든 척살하든 결과는 한 가지뿐이라는 말이다."

섬뜩한 오율 진인의 말. 자리에 모여 있는 모든 제자들은 고개를 떨어뜨렸다.

이 년이라는 세월. 가히 모든 것을 걸어 문파 재건에 힘을 쓰며 중원 무림 곳곳으로 도주한 제자들을 한 지리에 모을 수 있었다. 하지만 오율 진인의 말이 사실이라면 새로운 명사산 진형을 버려야 하는 것이다..

"곤륜 제자들은 들으라."

또다시 후사에 대한 걱정과 근심으로 물든 분위기를 깨며, 상념에 잠겨 있던 오율 진인이 말을 이었다.

"무너질 것이라는 타문의 예상에도 불구하고 우리는 다시 이 자리에 모일 수 있었다."

오율 진인의 목소리는 청아했다.

"비록 이 년이라는 짧은 세월이었지만 명사산에 집결한 우리는 그 짧은 시간 속에서 문파의 재건과 강호에 다시금 우뚝 설 수 있다는 희망, 가능성을 볼 수 있었다. 비록 이곳 명사산에서마저도 또다시 흩어져야 하는 상황이 왔을지언정 초심을 잃지 않기를 바랄 뿐이다."

오율 진인의 말은 계속되었다.

"명사산 새 기지는 오는 보름을 기점으로 해산한다."

담대한 오율 진인의 음성.

안타깝고 아쉬운 마음에 몇몇 어린 제자들은 눈물을 훔쳤다.

비록 제자들 앞이라 강인한 모습을 보일 수밖에 없는 오율 진인이었지만, 그의 마음 역시 찢어질 정도로 아파왔다.

"하지만 우리의 해산은 이곳 명사산으로 향하는 대적 잠룡문도를 벰과 동시에 시행될 것이다!"

와아아—!

이 년 동안 고요하기만 했던 명사산이 요동칠 정도로, 곤륜 제자들의 함성은 온 산을 메아리쳐 울리고 있었다.

第十章

재회

곤룡
기신

유겸은 놀란 눈으로 젊은 소저의 성장을 지켜보았다. 윤서의 거듭되는 부탁과 계속되는 칭얼거림 덕분에 시작한 검술 지도였지만 그는 놀랄 수밖에 없었다.

단시일 내에 삼재검법의 절반에 해당하는 검궤(劍詭)의 상성을 깨닫는 빠른 속도를 보이고 있다는 이유도 있었다. 하지만 무엇보다도 검술을 배우기엔 늦은 나이에, 거기다 여인의 몸으로 솜이 물을 빨아드리듯 검을 이해하는 뛰어난 오성 때문이었다.

유겸은 흐뭇한 표정으로 윤서의 일거수일투족을 관찰하며

뒷짐을 풀었다. 놀라운 집중력으로 검을 내지르는 그녀의 모습에 유겸은 간단히 설명을 덧붙였다.

"검격에서 중요한 것은 언제나 기초이지요. 일합에 들어가는 체중의 조절, 높낮이의 조율, 그리고 힘의 강약, 빠르기와 방향 등, 발검하는 데 있어서 이 모든 조건을 충족시킬 수 있다면 삼재검법은 이미 대성했다고 보아도 무방합니다."

유겸은 천천히 윤서의 자세를 잡아주면서 그녀와 시선을 교환했다.

그녀의 빠른 성장의 기반은 역시나 노력이었다.

유겸의 말을 하나도 빠짐없이 머릿속에 각인시키고, 발걸음을 옮기는 와중에도 손을 가만두질 않는다. 가르치는 입장에서 미소가 끊이지 않는 것은 당연했다.

무엇보다 검술 지도가 시작되면서 가장 줄어든 것은 그녀의 말수였다.

온종일 칭얼대던 젊은 소저의 모습이 사라졌기에 나름대로 만족하고 있던 유겸이었지만 다른 면으로는 아쉬운 점이 없지 않아 있었다.

본래 소중한 것은 옆에 있지 않을 때 아는 법이라는 말이 있듯이 유겸은 내심 윤서와 말을 나누지 않는다는 사실을 아쉬워하고 있었다.

가파른 산행이 힘겨울 정도로 계속되는 가운데 칠 일하고도 하루가 더 흘렀다. 날로 일취월장하는 윤서의 모습에 더 이상 삼재검법 수련은 의미가 없다고 유겸은 생각했다.

앞으로의 경험에서 겪고 느낄 깨달음, 그리고 나름대로의 기연이 이어진다면 여검수로서 절대 부족치 않은 삶을 살 수 있을 거라 그는 장담했다.

"아아……."

"빠르군요."

윤서의 마지막 공격은 처음부터 잘 짜인 연극과도 같이 유 겸에게 가로막히며 대련의 끝을 알렸다.

노곤함에 이어 무거워진 몸. 윤서는 거듭되는 피로에 주저 앉으며 말을 이었다.

"대단해요. 마지 못할 거라 생각했는데……."

윤서의 말에 유겸은 그저 살짝 미소 지었다.

길고 긴 산행 중 잠시나마 휴식을 위해 정지했건만 유겸과 수련으로 검수를 이어나가는 윤서의 모습에 다른 상인들은 박수를 치며 그녀의 수련을 응원했다.

유겸은 자리에 주저앉으며 적월검을 검집에 갈무리했다.

차앙—

검집에 갈무리하는 소리는 언제나 맑은 소리였다.

"나도 언젠가는 겸랑 같은 검객이 될 수 있겠지요?"

"……."

유겸은 화들짝 놀라며 윤서를 바라보았다.

겸랑…… 유겸에게 있어서 전혀 익숙하지 않은 호칭이었다. 과거 그 어떤 일이 있어도 당황하지 않았던 유겸이었지만 이때만큼은 예외였다.

생각해 보니 처음 느껴보는 느낌이기도 했다.

"겸랑은 아버지 같아요."

"……."

"앳된 인상은 분명한데 말하는 거나 생각하는 거 모든 게 다 말이에요. 전혀 어리숙하지도 않구……."

유겸은 그녀의 말이 틀리지 않았기에 그저 윤서의 시선을 회피하며 밤하늘에 시선을 가져갈 뿐이었다.

짧은 침묵이 오갔다. 줄곧 밤하늘을 응시하고 있던 유겸은 이내 윤서를 바라보았다.

"소저는 분명 뛰어난 여검객이 될 것입니다. 하지만……."

"……."

유겸은 말끝을 흐렸다. 머릿속을 돌고 도는 윤서의 말, 그 중에 제외하고 싶은 것이 있었다.

"저와 같은 검객은 되지 마십시오."

산 넘어 또 산.

계절의 속삭임, 그것은 나뭇잎이 살랑거리는 소리, 이름 모

를 풀벌레들의 노랫소리와 함께 유겸의 귀를 간질이고 있었
다.

유겸은 점점 가까워지는 목적지를 생각하며 그저 하늘을
바라보았다.

거듭되는 산행이 지루할 만도 하지만 함께하는 건명의 표
정은 밝디밝았다.

장액을 지나 열흘이 흘러 어느덧 멀게만 느껴졌던 명사산
의 초입, 기련산에 가깝게 당도했다는 사실 하나만으로 상인
들의 표정은 가벼워지고 있었다.

나른한 오후, 질긴 건량마저도 달콤하게 느껴지는 햇살 가
득한 오후였다.

"휴… 멀고도 멀군. 그렇지 아니한가?"

건명은 능글거리는 시선과 함께 유겸의 옆으로 다가왔다.

그와 시선을 함께하며, 유겸은 천천히 말했다.

"여기서 세 시진 정도 더 가면 마을이 나온다고 알고 있습
니다. 괜찮으시다면 기련산을 넘어 명사산까지 갈 여장을 정
비하기 위해 그곳에서 하루 정도 머물고 갔으면 합니다."

단순명료한 유겸의 말에 건명은 흔쾌히 수락했다.

"그럴 생각이었네. 하루도 제대로 쉬지 않고 열흘이나 걸
어왔으니 모두들 휴식이 필요한 참이었다네."

경사지고 길이 나지 않은 곳을 지나는 산행. 힘겹기만 한

여정 속에 함께 하는 시간은 늘어만 갔고, 유겸 역시 나름대로 모든 상원들과 관계를 틀 수 있었다.

일전 유겸의 무위를 넘겨짚었다는 이유로 몇 번씩 사과를 반복하는 상인들의 모습, 그리고 진심으로 유겸과 가까이 지내고 싶어하는 그들의 태도에 고목과도 같던 유겸도 서서히 마음을 열 수 있었다.

물론 한가로이 상인들과 말을 붙이는 것이 불필요하다고 느껴졌지만, 유겸을 한 식구처럼 생각하는 그들의 태도에 유겸 역시 은연중 동화되고 있었던 것이었다.

지독한 산길도 이제 수그러들며 분지 형태의 길목이 드러났다. 이대로 한 시진 정도 더가면 작은 마을이 나올 것이다.

하지만 호된 산행에 다들 지쳐 있었고, 일행은 잠시 멈춰 쉬기로 했다.

어느덧 날은 저물었고 지친 모습이 역력한 윤서는 언제나 그랬듯이 수레에 올라 잠시간 눈을 붙이고 있었다.

상인들과 유겸은 삼삼오오 모여 앉아 이야기꽃을 피웠다. 허기에 건량을 씹고 있던 부행수 오량은 말이 한동안 끊기자 화제를 돌렸고, 화두의 대상은 다름 아닌 유겸이었다.

"자네는 어떻게 생각하나?"

"……?"

오량의 말과 동시에 상인들은 미묘한 미소를 지으며 유겸의 답변을 기다렸다. 하지만 유겸은 진정으로 상인들의 의도를 파악할 수 없었다.

유겸의 모습이 답답한 나머지 상인들 중 가장 작은 체구에 속하는 대윤이 말을 이었다.

"윤서 소저 말일세."

유겸은 대꾸했다.

"강인한 여인입니다. 어린 친구이지만 나름대로의 꿈을 갖고 있고, 또래의 여인들과는 다른 무언가가 있는 것 같습니다."

유겸은 나름대로 상황을 해석하고 자신이 생각한 합당한 답변을 내놓았다.

하지만 상인들은 유겸으로부터 기대했던 것과는 다른 답변이 나오자 얼굴에 실망감이 어렸다. 항시 바람잡이 역할을 하던 부행수 오량은 유겸을 바라보며 다시 말했다.

"우리는 한 명의 여인으로서 어떠냐 묻고 있는게야."

유겸의 답답한 모습에 가만히 그에게 시선을 모으고 있던 상인 모두는 숨을 죽였다.

유겸은 예상치 못한 상인들의 질문에 이내 고개를 떨구었다.

'여인이라…….'

유겸에게 있어서 그 말은 사치와도 같았다.

분명 인세에 떨어진 인간에게 있어서 그 어느 것보다 중요한 것은 남자와 여자가 만나 서로 함께 교감하며 연정을 나누는 것이 당연시되는 것이었다. 하지만 유겸에게만큼은 허락되지 않은 영역과도 같았다.

유겸의 일생을 두고 행해야 할 일은 한정적이었고, 그것은 숙명이었다.

"생각해 본 적 없습니다만…… 그녀는……."

유겸은 그렇게 생각을 정리했다.

"저에게 너무나도 과분합니다."

감숙성 열명현(悅鳴縣).

열명현은 기련산을 등지며 존재하는 변방의 마을이었다.

그 크기는 장액의 절반에도 이르지 못해 유동인구가 적고 거주인구도 이백이 채 안 된다고 알려진 곳이었다.

유겸과 상단은 열흘 이상의 길고 긴 여장을 풀며 그곳에서 휴식을 취할 수 있었다.

객잔이라고 부르기도 남루한 곳에 들러 수육과 탁주를 먹고 마시는 상인들의 모습에서 즐거움이 느껴지는 듯했다.

오랜만에 타지에서 사람이 찾아왔기에 객잔주는 기분 좋은 미소로 점소이 대신 직접 음식과 술을 나르며 이야기꽃을 피웠다.

비록 값비싼 술과 향신료의 미가 돋보이는 음식은 아니었
지만 일행은 만족스러운 미소를 지으며 시간을 보냈다.

오랜만에 피로를 풀 수 있다는 작은 행복 아래 웃음은 끊이
질 않았고, 훗날에 대한 나름대로의 생각과 계획을 공유하며
뜻 깊은 시간을 가지는 일행.

그렇게 시간은 지나갔다.

"휴……."

유겸은 잠시 바깥에 나와 검은 하늘을 올려다보았다. 등뒤
에서 상인들의 끊임없는 웃음소리가 들려왔다.

그는 은연중 자신도 모르게 한숨을 내쉬었다.

앞으로의 목적이 근심과 걱정으로 바뀌어 그의 심신을 지
치게 만들고 있었다.

곤륜파의 흔적을 찾은 이후…….

그러고는?

유겸은 잠룡문도였다. 수백, 수천의 곤륜 제자들이 증오하
는 잠룡문도 그 자체.

그들은 믿을 수 있을까? 자신이 환생했다는 것을?

유겸은 거듭되는 고민으로 인해 사실상 아무런 행동도 취
할 수 없었다.

그러한 사실뿐만 아니라, 보다 확실히 마음속에 각인시켜
야 할 것도 있었다.

우청검의 신분으로서, 옥협단원과 감숙성주가 목숨을 잃은 의문의 사건에 대한 전모를 밝혀야 하는 것이다.

그것은 유겸 역시 의아함에 빠질 수밖에 없는 일이었다.

강호에서 그 힘이 절대적이라 할 수 있는 잠룡문이다.

그런 잠룡문을 상대로 대적할 수 있는 대상이 얼마나 있을까?

소림사와 여러 방파들의 최후를 보고도?

비록 지금은 모습이 드러나지 않을지언정, 잠룡문이 직접적으로 손을 뻗는다면 그들의 속살은 발가벗겨진 듯 드러날 것이었다.

유겸은 머리가 지끈거렸다.

"겸랑?"

그는 상념을 단념하며 뒤를 돌아보았다. 귀여운 아이가 서 있었다. 자라나며 경험하는 모든 것을 지켜보고 싶은 어린 소저.

무엇이 그렇게 좋은지 활짝 웃으며 모습을 드러내는 윤서에게 유겸 역시 짧은 미소를 지었다.

"무슨 생각을 그렇게 하세요?"

"……"

유겸은 그저 말없이 하늘에 시선을 고정했다. 지독하게도 평화로웠다.

당장 유겸에게는 필요하지 않는 이질적인 느낌.

한시가 급했다. 모든 것을 홀로 돌아보기에 무리가 있다. 홀로 싸우기에 시간이 촉박했다. 하지만……

유겸 역시 평화를 외면할 수 없었다.

언제 다시 찾아올지 모르는 포근한 느낌. 묵묵히 서서 하늘을 올려다보는 유겸과 시선을 함께하고 있던 윤서는 갑작스럽게 그의 팔짱을 끼었다.

당황한 유겸의 얼굴을 바라보며 윤서는 말을 이었다.

"어서 들어가요. 본래 청해성에 가서 비싼 값을 주고 팔려던 명주가 있었는데, 행수님께서 기분이다 하시고 방금 수레에서 내왔거든요. 모두들 기다리고 있어요."

유겸은 반항조차 하지 못하고 그녀에게 끌려 객잔으로 돌아갔다.

*　　　*　　　*

"내가 막겠다."

"무슨 소리 하는 거야, 함께 가자."

"난 틀렸어, 너라도 살아서 힘이 되어라……"

"사형!"

"도망쳐라 염화웅. 그리고 정신차려! 여기서 둘 다 죽으면 문파

재회 293

는… 우리 곤륜은……!"

"으윽―"

염화웅은 거친 숨을 토해내며 깨어났다. 이마에 그득 맺힌 땀방울을 쓸어 내렸다.

지독한 악몽의 연속이었다. 수년간 사라졌었던 악몽이 다시금 살아났다.

자신이 가진 무위로는 도저히 상대할 수 없었던 악령과도 같은 존재들…….

동지, 제자들의 심장에 칼을 꽂아 넣으며 짓밟던 지독하게도 푸른 청의의 인영들…….

염화웅은 재빠르게 침소에서 내려왔다. 각대에 머물고 있던 곤륜파의 상징인 낙화검(落花劍) 대신 검집에 갈무리된 철검을 허리춤에 꽂아 넣은 그는 처소를 나와 직립했다.

검은 하늘을 올려다보는 것도 잠시.

종아리까지 내려오는 녹색 산적의의 끝을 아무렇게나 찢어 복면을 만들어 낸 염화웅은 기련산으로 달렸다.

"대주님!?"

깎아지르듯 만들어진 협곡을 엄청난 속도로 타고 내려온 염화웅은 뒤도 돌아보지 않고 내달렸다. 분명 그를 잡아 세우는 목소리가 들리는 듯 했지만 그는 그저 외면하며 발걸음에 힘을 가할 뿐이었다.

"어차피 상대는 하나……."

그것은 오랫동안 쌓인 격노와 흥분으로 인한 감정 덩어리, 그 자체였다. 그놈을 직접 베고 싶었다. 달아오른 육체가 말해주고 있었다.

강하지 못했기 때문에 사제들의 죽음을 바라볼 수밖에 없었다. 그 죄책감이 거듭 밀려왔고, 그것은 지금 염화웅을 행동하게 만들었다.

'놈은 분명 명사산으로 향한다.'

여러 제반 사정을 따져 보았을 때, 이곳으로 오는 잠룡문도는 분명 모종의 임무를 수행하기 위한 개인 활동 중이라고 판난할 수 있었다.

곤륜파의 실체를 확인하기 위해 실마리를 쫓아온 단독적인 행동. 확인 사살을 하기 전의 사전 찌르기일 것이다.

싱단 표주무사로 위장한 채 조사를 진행하다가, 곤륜파의 기척을 감지하면 다시금 본산으로 복귀 할 것이라고 충분히 예상할 수 있다. 놈을 죽이든 살리든 어차피 명사산의 곤륜기지가 발견되는 것은 시간문제라고 염화웅은 생각했다.

'어차피 놈을 죽여야 한다면 직접…….'

기련산 수월령.

명사산 또는 대설산의 동쪽 끄트머리 산 중턱에 만들어진 유일한 고개이자 길목이었으며, 동쪽과 서쪽으로 산행할 수 있는 유일한 경로는 오직 길이 난 그곳뿐이었다.

상단은 물론 가끔은 강호인들 역시 청해성으로 단번에 넘어 가기 위해 수월봉을 경유하기도 했다.

그 사실을 잘 알고 있는 염화웅은 한 시진을 꼬박 달려 그곳에 도착할 수 있었다.

큰길이 나 있는 관도로 돌아가지 않는 이상 상단 일행은 분명 이곳을 지나칠 것이다.

그는 도박을 감행하기로 결정했다.

육안으로 확인한 상대의 무공은 절정 그 이상. 염화웅의 무공 역시 절정이었으니 칼을 맞대기 전에는 승부를 알 수 없었다.

만약 자신이 여기서 곤륜 제자임을 들키게 된다면…….

녀석은 명사산으로 가는 판단을 철회하고 당장 하남으로 귀환할 것이 분명했다. 설사 자신이 쓰러져도 상대가 명사산으로 향하는 것은 계속되어야만 했다.

"오래 끌 수 있는 방법은 없다. 단번에……."

염화웅은 그렇게 모든 생각을 정리했다. 오직 급습. 단 칼에 끝낼 수 있는 방법은 그것밖에 없었다.

염화웅은 적당한 자리를 잡아 잠룡문도가 지나기만을 기

다렸다.

　그렇게 얼마쯤 지났을까?

　일단의 행렬이 염화웅의 시선에 잡혔다.

　염화웅은 비호처럼 날아들었다.

　오랜만에 회포를 푼 상인들이었지만 그에 따른 후유증은 만만치 않았다. 새벽까지 쉬지 않고 술을 푼 탓에 모든 상인이 아침까지 인사불성이 되어 있었다.

　때문에 이른 아침 명사산으로 출발하려던 계획이 조금 늦어져 정오가 지나서야 떠날 채비를 모두 끝마칠 수 있었다.

　다들 쓰린 속을 다잡으며 준비를 하고 있었지만 유겸만큼은 예외였다.

　상인들이 권하는 술을 주는 대로 마셨지만 그럴 때마다 내공을 이용해 취기를 조절했기 때문이었다. 팔팔한 유겸의 모습을 보며 상인들은 그저 술에 강한 체질이라고 나름대로 정의 내렸다.

　여느 때와 같이 유겸이 앞장서며 명사산으로 향하는 여정이 시작되었다.

　명사산의 동쪽 초입은 기련산에서부터 이어진다. 하지만 협곡이라 지형이 험하다는 것을 유겸은 사전 조사를 통해 알고 있었고, 언제 어디서 위험이 다가올지 예상할 수 없었기에 기련산 초입의 길목은 가급적 피하자고 판단했다.

그렇게 유겸은 길을 돌아서 주천(酒泉)을 넘어 기련산의 뒤쪽으로 향하는 여정을 택했다.

하루가 조금 지나 정오를 넘은 시간이었을 것이다. 점차 인공적인 길이 드러나고 있었고, 낑낑거리면서 짐수레를 끌며 힘겹게 산행을 하던 상인들의 표정이 점차 편안함에 풀리는 순간이었다.

윤서는 걷는 외중에도 소검을 갈무리하며 검궤를 조절하는 연습을 내내 하고 있었고, 행수 건명은 직접 수레를 밀어가며 상인들을 격려했다.

유겸은 미소를 지으며 그들을 바라보다가, 나른한 기분에 눈을 감고 주변 분위기를 느꼈다. 들려오는 철새의 울음소리, 살랑거리며 떨어지는 나뭇잎…….

그의 표정이 싸늘히 굳어진 것은 그때였다.

유겸은 발검을 하기 위해 허리를 틀었다. 급작스러운 움직임이었기에 근육은 비명을 질렀다.

하지만 자신을 향해 쇄도하는 검초가 훨씬 빨랐기에 유겸은 반쯤 개방된 검신을 들어 힘겹게 공격을 막아냈다.

"누구냐!"

중단을 향한 일격필살과도 같은 공격. 간신히 공격을 막아냈지만 이미 유겸의 왼쪽 가슴과 어깨 위는 깊은 검상이 생겨난 이후였다.

출혈을 생각할 겨를도 없이 강기를 가득 머금은 검초가 연이어 이어졌다.

복면을 쓰고 산적의 복장과도 같은 녹색 복식을 한 검수. 돌출된 태양혈, 수준 이상의 무위.

유겸은 자신을 향해 미친 듯이 공격을 감행하는 광인과도 같은 적의 모습에 당황했지만 침착하게 공격을 하나하나씩 봉쇄해 나갔다.

갑작스럽게 출몰한 산적으로 추정되는 사내의 등장으로 상인들은 혼란 상태에 빠졌다.

―잠룡검법 삼초식 제육절 태사일련(太沙一攣).

유겸은 상대의 검로와 방위를 봉쇄하기 위해 초식을 시전했다. 검의 합으로 생겨난 일정 거리에서 빠져나갈 수 없게끔 거침없이 태사일련을 펼친 유겸은 상대를 살폈다.

이어지는 공격을 대비하기 위한 발상이었다.

검신에 잔뜩 검강을 시전하며 방위를 선점한 유겸에게서 이어지는 것은 역시 검강을 담은 뇌검(雷劍)이었다.

이류에 오른 검수라면 손쉽게 시전할 수 있는 뇌검은 빠른 속도와 강한 검초가 생명이 되는 것이었다. 하지만 너무나도 단순한 검로를 띠고 있다는 문제점도 있었다.

재빨리 시전한 태사일련으로 인해 유겸은 대체적으로 좋은 위치를 선점할 수 있었고, 공격해 들어오는 뇌검을 검강으로 막아낸 유겸은 비어 있는 상대의 허리로 거침없이 각법을 차 올렸다.

퍼억—

둔탁한 소리와 함께 뒤로 두 장 이상 물러난 산적은 몰려오는 충격에 되려 자신의 가슴을 한 번 치며 냅다 기합을 질렀다.

"하앗!"

상황이 급작스럽게 반전되었다.

만약 유겸에게 가한 첫 번째 공격의 틈을 놓치지 않고 절정에 걸맞는 초식을 감행했다면 유겸으로서도 힘겨운 싸움을 할지도 몰랐던 상황.

하지만 무슨 의도에서인지 사내는 고위의 초식 시전을 거부한 채 유겸을 매섭게 노려보고 있을 뿐이었다.

유겸은 계속되는 출혈을 억누르며 검신을 비스듬히 눕혔다.

쩌엉—

연이어 이어지는 매서운 검초. 하지만 유겸은 공격 의도를 파악하기 위해서 그 와중에도 생각에 잠길 수밖에 없었다.

때 아닌 고수의 출현.

마치 일행이 이곳에 당도할 것임을 미리 알고 움직였다고 볼 수밖에 없는 행동.

명사산과 대설산, 그리고 기련산의 길목인 주천…….

그 인근의 산길에서 출몰한 정체불명의 고수.

어쩌면 감숙성주 운천 도인과 옥협단원의 실종과 연관성이 있을지도 모른다는 직감이 강하게 일었다.

유겸의 두뇌는 거침없이 회전했다. 오랜 세월 동안 더 성숙해진 오성과 혜안이 말해주고 있었다.

무언가 있다!

"왜 죽였던 거지?"

거친 파공음이 계속되는 가운데, 유겸은 사내의 검을 거침없이 막아내며 말을 던졌다. 미끼였다.

놀란 눈빛으로 변하는 상대의 두 눈동자.

유겸은 분명 이 일대에서 일어난 모종의 사건과 상대가 연관되어 있다는 것을 대번에 눈치챌 수 있었다.

그는 승부수를 두기 위해 다음 말을 이었다.

"혼자서는 상대할 수 없었을 텐데, 녹림으로 위장한 일행은 어디 있나?

절정의 무위를 갈무리하고 있다는 녹림의 세력은 듣지도, 보지도 못했다. 산적으로 칭하기에는 너무나도 걸리는 것이 많았다.

산적으로 가장한 사내는 더욱 강하게 유겸을 몰아붙였다.

하지만 이미 대세는 기울었고, 유겸은 모든 것을 예상하고 판단을 내렸다.

잘 다듬어진 날의 기본 철검, 하지만 신변을 숨기기 위한 어설픈 수임을 유겸은 단번에 눈치챘다.

그렇다면 상대가 초식 사용을 거부하는 이유는 오직 하나밖에 없다…….

유겸의 실력은 확연하게 상대보다 반수 이상 높았다. 같은 절정의 위치라 할지라도 유겸은 절정의 극이었지만 상대는 그렇지 못했다.

상대의 입술 사이로 흐르는 검붉은 선혈. 한눈에 보아도 모든 내력을 일시적으로 한곳에 집중했다고 알아챌 수 있었다.

들어오는 공격을 검을 눕혀 비스듬히 흘린 유겸은 곧장 검병을 사용해 상대의 신궐혈을 노렸다.

빠각―

경쾌한 소리를 끝으로 상대는 바닥을 굴렀다.

하지만 곧장 자세를 다잡은 상대의 얼굴은 변함없이 매서웠다.

혈도에 정확히 들어간 강한 공격 뒤에 이어지는 고통은 상상을 초월함이 분명할 터.

그럼에도 무너지는 몸을 일으켜 세우고 찡그리는 표정 없이 검을 바스러져라 잡는 상대의 정신력에 유겸은 탄복했다.

하지만 이번 공격으로 유겸은 자신의 승기를 확신했다.

상대가 거친 숨을 몰아쉬기도 전에 살얼음과도 같은 유겸의 말이 울려 퍼졌다.

"어디 문파 소속이지?"

『곤륜기신』 제2권에 계속…

저작권 보호!!
장르문학의 성장에 힘이 되어주십시오.

저작물의 무단 전재와 복제, 불법 다운로드! 이것은 관심이 아니라 무관심입니다!

작가님들은 창의적 열정과 시간을 투자해 자신의 꿈과 생계를 유지합니다.
한 권의 책을 만들어 많은 사람들은 자신의 인생과 미래를 설계합니다.

저작물 속에는 여러 사람의 노력과 희망이 담겨 있습니다!

저작물의 무단 전재와 복제, 불법 다운로드는 여러 사람들의 꿈과 생계를
위협함으로써 장르문학을 심각한 상황에 빠뜨리고 있습니다.

이제는 무관심이 아니라 관심으로 장르문학의 성장에 힘이 되어주세요.

[도서출판 **청어람**은 항시적인 저작권 보호를 통해 장르문학과
여러분의 희망을 지키겠습니다.]

Book Publishing CHUNGEORAM
풍림화산
임영기
新무협 판타지 소설
천당에서 지옥으로 질풍노도처럼[風] 거지에서 대살수로 웅크린 숲처럼[林]
복수의 화신으로 불길처럼[火] 악마에서 영웅으로 거대한 山이 된다.
풍림화산(風林火山)
한 사나이의 파란만장한 대역정이 웅장하고 장렬하게 펼쳐진다.
유행이 아닌 자유추구 -
WWW.chungeoram.com
Book Publishing CHUNGEORAM